首都科普剧团

优秀科普剧本汇编

何素兴 张永锋 孙小莉 主编

哈尔滨出版社
HARBIN PUBLISHING HOUSE

图书在版编目（CIP）数据

首都科普剧团优秀科普剧本汇编 / 何素兴，张永锋，孙小莉主编. — 哈尔滨：哈尔滨出版社，2023.6
 ISBN 978-7-5484-7289-6

Ⅰ. ①首… Ⅱ. ①何… ②张… ③孙… Ⅲ. ①剧本－作品综合集－中国－当代 Ⅳ. ①I230

中国国家版本馆CIP数据核字（2023）第100265号

书　　名：	首都科普剧团优秀科普剧本汇编
	SHOUDU KEPU JUTUAN YOUXIU KEPU JUBEN HUIBIAN

作　　者：何素兴　张永锋　孙小莉　主编
责任编辑：韩伟锋
封面设计：树上微出版

出版发行：哈尔滨出版社（Harbin Publishing House）
社　　址：哈尔滨市香坊区泰山路82-9号　　邮编：150090
经　　销：全国新华书店
印　　刷：武汉市卓源印务有限公司
网　　址：www.hrbcbs.com
E-mail：hrbcbs@yeah.net
编辑版权热线：（0451）87900271　87900272
销售热线：（0451）87900202　87900203

开　　本：	880mm×1230mm　1/32　　印张：6　　字数：150千字
版　　次：	2023年6月第1版
印　　次：	2023年6月第1次印刷
书　　号：	ISBN 978-7-5484-7289-6
定　　价：	68.00元

凡购本社图书发现印装错误，请与本社印制部联系调换。
服务热线：（0451）87900279

前 言

科普剧是大众喜闻乐见的科普形式，在提高科学传播效果、营造科学文化氛围、提升全民科学素质方面具有重要作用。2019年3月，北京科学中心在北京市科学技术协会指导下，发起成立首都科普剧团，旨在更好地推动青少年科普教育，丰富北京创新文化内涵，引领、带动全民科学素质提升。

首都科普剧团作为"非实体、联盟式、平台型"组织，是北京科学中心协同社会科普创作与表演机构，打造以优质科普剧目为主要科普产品的研发阵地。首都科普剧团通过构建精品科普剧的研发、资助、评选、国际交流、队伍建设等开放式激励平台，为从事科普剧编创开发、文化创意、科学传播、表演创作、推广的单位和个人提供服务。

成立四年来，首都科普剧团积累了较为丰富的科普剧本资源。为更大程度地发挥优秀科普剧本的传播价值，本书编委会团队对首都科普剧团历年资助的科普剧本进行了梳理，遴选出部分优秀科普剧本，并在专家的审核与指导下进行编辑、提升，形成本册优秀科普剧本汇编。

本书的编撰得到多位专家、学者的热心指导，在此表示衷心的感谢。由于编者水平有限，不足之处在所难免，恳请各位读者批评指正。

编委会

主　任：陈维成

副主任：尹树国　　刘　芳

主　编：何素兴　　张永锋　　孙小莉

编　委（按姓氏笔画排序）：

　　　　王卫英　　史冬青　　刘　然　　刘金辉
　　　　孙小莉　　李　英　　李兴友　　李林忆
　　　　李海燕　　杨宣华　　杨晓伟　　杨智明
　　　　吴　媛　　何素兴　　张　肖　　张永锋
　　　　张志敏　　陈　征　　柳迎春　　柳茹凤
　　　　战　记　　侯妙乐　　郭　琰　　郭　皓
　　　　黄　涛　　黄倩红　　詹　晨　　薛红玉
　　　　霍利民

目 录

飞越中轴线 …………………………………… 1

地球环游记 …………………………………… 33

JOJO奇遇记 …………………………………… 56

不是"我"的错之奇妙的呼吸系统 …………… 65

霏霏的城市冒险 ……………………………… 72

最后一株独叶草 ……………………………… 82

天工开物之奇幻旅程 ………………………… 104

千年石刻 千年传承 ………………………… 114

汉字冒险王 …………………………………… 131

还原真相之钻石失踪案 ……………………… 144

来自科学中心的魔术师 ……………………… 156

科学大爆炸 …………………………………… 165

阿基米德与王冠 ……………………………… 175

飞越中轴线

从古至今，中国的建筑风格大多遵循中心、中正的思想。北京，不管是作为以前的都城，还是现在的首都，贯穿城市南北的中轴线始终是它最明显的城市坐标。

北京的城市建筑风格是中国人类智慧的结晶，作为老北京人的建筑设计师爷爷对它有着深厚的感情。但随着年龄的增长，爷爷的记忆力慢慢衰退，可唯独对年轻时的北京记忆尤新，也时常想念。

被相信科学、追求效率的海归博士小女儿送到了高级养老院生活的爷爷耐不住烦闷无聊，一次次出逃。这天，孙女带着朋友帮爷爷从养老院逃离出来。一行人通过生动、有趣的科学知识和小实验成功飞越了中轴线，找寻着爷爷年轻时的北京情怀，享受着北京一直以来的独特韵味。

爷爷——76岁。倔强可爱的老顽童，曾是建筑设计师，老北京人，对北京有深厚的情感。但近来他的记性越来越差，总会突然忘记眼前的人和事，却对远期记忆印象深刻。

春妮——13岁。爷爷的小孙女。乖巧规矩，孝顺，但胆子有点儿小。父母长年在外地工作。平时和爷爷、小姑一起生活。

门墩儿——13岁。春妮的发小，和春妮同一天在同一家医院出生。父母是老北京人，以前就是老街坊，拆迁后也住在同一个小区。淘气，鲁莽，老惹祸，但经常会有出其不意的想法，却总被春妮嘲笑"旁门左道"。

度哥——13岁。春妮和门墩儿的同学，新小区的邻居，新北京人，学霸，一本行走的少儿百科全书。因为崇拜爷爷，经常和春妮、门墩儿在一起玩儿。

小姑——36岁。爷爷的小女儿，海归女博士。凡事追求效率和安全，相信科学。在新机场工作，因为太忙碌，为让老爹得到更好的照顾，重金将老人送到高级养老院生活。

AI 保姆——女性形象。养老院里的高科技保姆，非常智能。

空竹大娘、故宫导游、卖金鱼的老街坊等等——群众形象，在不同场景中的点缀。

条件允许的情况下，可由一名科学中心的年轻讲解员进行客串。

时间：当代。冬日的一整天
地点：北京。故事沿着北京中轴线展开

【舞台上，一些柱子和框架，勾勒出有一丝古建风貌的形象】

【舞台某处，有一个投影屏幕，舞台一侧，有一束光正打在一个小桌上，上面有一个连着屏幕的画板】

【观众进场时，有一丝北京味道的轻快音乐在缓缓播放着】

【观众可以看到，一位画师正在专注地勾勒着一幅可爱的卡通画，那是一幅北京地图，几位演员也不时上去添加几笔】

第一场·爷爷丢了

地点：孩子们的家中
【观众席灯光渐暗，舞台光起】
【舞台四角，各有一人——两个孩子在写作业，一个大人和一个孩子分别在敲电脑】

春妮：（从写作业的书桌前抬起头）我叫春妮儿，在北京胡同儿里出生，不过很小的时候就从鼓楼那边儿的胡同儿搬到现在的小区了。

门墩儿：（从书桌前抬头）我叫门墩儿，我俩从出生时，就是接壁儿的邻居，到现在搬到了四环外，还是对门儿，我俩是同年同月同日生、不是亲生胜似亲生的兄妹！

春妮：少来，我比你大一分钟！叫我姐！他，叫度哥！（有点"花痴"地指着舞台另一角正在编程的眼镜男生）他是我们班的学霸，我们俩的隔壁邻居，他是一本行走的百科全书！

门墩儿：什么百科全书啊，他那是"有问题，问度哥"（比画着手机）！就信网上的东西，比葫芦画瓢，哼！

度哥：（说话有些乡音）吾生有涯，而信息无涯，我做梦都想在信息的海洋里游来游去！

门墩儿：矫情！
【小姑电话响】

小姑：（接电话）喂……啊，我爸又跑了？……好！（着急地一边收拾行李，一边对电话上的应用说话）帮我叫一辆车，去××小区，十分钟后到。（换个应用）把明天演讲的论文发到群组。（换个应用）请帮我完成自助值机。（换个应用）请帮我打给春妮。

【电话声】

3

春妮：（接电话）喂，小姑！

小姑：我跟你说，爷爷又从养老院逃跑了，你现在赶紧准备一下，去养老院找爷爷，十分钟后出租车到小区门口接你。

春妮：那您呢？

小姑：我今晚出差，赶不过去了！

春妮：好！

【小姑挂上电话，继续忙起来】

【春妮从窗口探出头，对外面喊】

春妮：门墩儿，跟我去养老院找爷爷！

门墩儿：又跑啦？得嘞，走着！

度哥：找爷爷？（对外喊）我也去！

【孩子们挤在车里】

【投影画面上出现了一个"通缉令"样的图案】

【随着孩子们的描述，画面逐渐丰富】

春妮：我的爷爷是个退休的建筑师。

度哥：是个很厉害的建筑师！

门墩儿：是个特别好玩儿的老头儿！

春妮：爷爷又瘦又高。

门墩儿：鼻子尖儿上戴着眼镜儿。

度哥：爷爷身上时不时会变出好多好玩儿的玩意儿。

春妮：他喜欢一边走路一边想事儿，想着想着就迷糊了。

度哥：这个症状非常像……（查手机）。

门墩儿：什么症状不症状的，你记得他最爱穿什么吗？

三人：中山装啊……司机师傅，拐弯儿！

第二场·贪玩儿的爷爷

地点：养老院及外面的路上

【随着孩子们的描述，投影画面上出现了一个老头儿的画像】

【同时，观众席一角，一个和画面上极为相似的老头儿正在和小观众玩儿】

【老头画像后面，隐约可见的建筑上，写着"养老院"的字样】

爷爷：可算跑出来了，住在养老院可闷死我了！（看见观众）呦，这边儿小孩儿多，我到这儿玩儿来！（神秘兮兮地拿出几个不同形状的鲁班锁，分发给身边的几个小孩儿）这叫鲁班锁，也叫别闷棍、难人木、烦人锁、六子联方，你们要是谁能在十秒钟之内，把这六根木头组装到一起不散开，我这个……这个……（从中山装里掏出一袋吃的，仔细看）老年补脑营养棒棒糖，就给谁当礼物！开始！

【几个观众互动】

【爷爷特别高兴】

【三个小孩儿到达】

门墩儿：爷爷在这儿呢！

爷爷：坏了，抓我来了！（对观众）等有机会，我给你们讲讲这鲁班锁里面的奥秘啊！（跑）

【没两下子就被孩子们追上了】

春妮：爷爷，您怎么又跑了！

爷爷：在里面，不好玩儿，闷！

门墩儿：就是的，您住进去了，我们也觉得闷！

春妮：可小姑说，是为爷爷好啊……

爷爷：不好玩儿，闷！

度哥：我听小姑说，您这养老院可高级了，都是机器人服务，还能闷？

【AI保姆上场】

AI保姆：已定位到2019号用户，回房模式已启动。

爷爷：我不想回房间！

【几人转场】

春妮：啊，我们就这样被AI拉回到爷爷的病房了！

【AI保姆推着一购物车的食物，上】

AI保姆：2019爷爷，这是根据您上周的身体指标为您匹配的这一周的营养品、水果，还有奖励您的小食品哦！喏喏喏，您的出逃指数已经爆表，系统要求，让我给您佩戴上加强定位手环和实时监控摄像头哦！您看看今天的气温这么低，穿衣指数与中山装不匹配，应为……棉坎肩儿以及预防脑萎缩的远红外帽哦！

【AI保姆一边说，一边摆弄着爷爷，爷爷被打扮得像个机器人】

【春妮在旁边抱着爷爷的中山装，对保姆帮也不是，不帮也不是】

门墩儿：（一直在打量着购物车里的食品，偷偷开了一袋儿）太好吃了，肯定很多营养！

AI保姆：这个果冻的营养价值是……

度哥：（打量着AI保姆）太高级了！

AI保姆：谢谢夸奖！

度哥：这么先进，肯定得经常更新升级吧！

【AI保姆突然定住了】

AI保姆：请重复语音指令！

度哥：语音指令？

门墩儿：真好吃！

春妮：营养价值？

6

度哥：高级？

爷爷：更新升级！

AI 保姆：更新升级已启动，此次有 2431 个功能需更新，用时三分钟，给您带来的不便请谅解。（AI 保姆定住）

爷爷：嘿！这小春妮儿！愣神儿了！要我说，应该住院的是她！

春妮：爷爷，我才是春妮儿！这是你的 AI 保姆！得，爷爷又糊涂了！

爷爷：你不是我小丫头雯雯吗？这不是我大儿子汉东（指度哥）、大丫头卫华（指门墩儿）吗？你们多长时间没回家了！是不是工作太忙了？走走走，爸爸带你们到胡同口儿放风筝、抖空竹去！完事儿，回家吃炸酱面！（把围脖儿裹到门墩儿头上）

门墩儿：好嘞！我最爱吃炸酱面了，爷爷……哦不！（装成女声）老爸做的炸酱面里肉丁儿得有那么大！

春妮：大姐，瞅你馋的！

爷爷：哎哟，（看着 AI 保姆）你看这小春妮儿，一准儿是冻着了！来，给你！一会儿爷爷也带你出去玩儿，咱不在这儿憋屈着。（把自己的棉坎肩儿脱了穿在 AI 保姆身上）

春妮：（把小伙伴拉到一起）你们觉不觉得爷爷太可怜了？

【门墩儿点头，度哥还在痴迷地研究着机器人】

春妮：要不咱们陪着爷爷去外面玩儿吧，他在这里憋得越久，就越容易忘事儿，我真怕他有一天彻底把咱们给忘了……

度哥：但这里戒备这么森严，爷爷走得又慢，咱们怎么出去呀……

春妮：保姆不是愣神儿了吗！

【门墩儿把购物车里的东西清空，把枕头垫在里面，购物车俨然成了一个移动的沙发】

门墩儿：用这个！

春妮：嘿！你还真有两下子旁门左道！（叫爷爷）爷爷！

【爷爷自己已经换上了中山装，并且已经把AI保姆打扮成傻丫头的样子了】

爷爷：别瞎叫！我家春妮儿在这儿愣神儿呢！

春妮：哦……爸爸……

爷爷：哎！闺女！

春妮：您不是想出去玩儿吗，我们兄妹三个，陪您出去遛遛！

门墩儿：爷爷……哦不，爸爸，您请坐！

【爷爷坐进购物车】

爷爷：这轮椅不错，还有护栏！

度哥：您扶稳坐好，跟我们说说您要去哪儿玩儿？

爷爷：就去那个……（指指中山装的一串扣子）中轴线……（再指指左下兜）那……圆的……蓝色屋顶的……带你们听过好玩儿的声音的……哪儿来着？

AI保姆：功能更新即将完成，三十秒后将重新启动。

爷爷：呦，春妮儿醒了！

门墩儿：糟了，快跑！

【三人推着购物车里的爷爷飞奔】

春妮：（对观众）这可是我第一次干这么疯狂的事儿，我们把爷爷偷走了！在我们小时候，爷爷也这么干过！把我和胖墩儿从幼儿园偷走，带我们去他工作的地方，看大人盖大高楼！

门墩儿：爷爷和其他建筑师不太一样，我印象中的他，并不是每天坐在桌前绘图，而是，对什么事情都充满好奇！他的口头语总是……

爷爷：好奇心是学者的第一美德！这话是居里夫人说的！

度哥：我刚搬到北京，就和爷爷做邻居了，他最神奇的事情就是，不管我们遇到什么科学问题，他都要带我们做个实验，用他的话来说……

爷爷：一切推理，都必须从观察和实践中得来，不试试，你怎么知道？嘿嘿，前半段是伽利略说的，后半段是我说的！

春妮：我真希望，爷爷可以在他最喜欢的中轴线上，找回他丢失的记忆！

门墩儿：咱们带爷爷去哪儿啊？

春妮：（问观众）中轴线附近有个地方，可以听到有意思的声音，是蓝色屋顶的，圆形的，这是哪儿呢？

【度哥拿手机查】

春妮、度哥：咦，对，找到了！天坛！

第三场·寻声会友

地点：天坛

【鸽哨声随着鸽群从天空中飞过而回荡】

【空竹声幽幽响起，一位老大爷正在身手矫捷地抖着空竹】

【远远的，还有老年合唱团的歌唱声】

春妮：爷爷说这里可以听到有意思的声音，是什么声呢？

门墩儿：要我说，最好玩儿的声，就是这个空竹声。

度哥：（用望远镜观察天空的鸽群）鸽子飞过时为什么会有这样的响声呢？（拿起手机想查）

爷爷：小眼镜儿，别动不动就去问手机！一切真理，都必须从观察和实践中得来，不试试，你怎么知道这些声音是怎么来的？

春妮：爷爷，您认出我们来啦？我就说出来玩儿管用吧！

爷爷：当然了，我脑子一直清楚着呢！门墩儿，你头上裹着头巾，出什么洋相呢！

度哥：那您说，用什么方式能知道鸽哨还有空竹的声音是怎么来的？

爷爷：我需要一片树叶儿！

门墩儿：这儿有！这儿有！（给每人发了一片树叶）

爷爷：如果你们也想试试，没有树叶的话，用材料包里的一张小糖纸也可以！（对着台下观众席说）两手分别拿住叶片的两端，或者用一只手也行，把食指和中指分开，把叶片按在唇间，吹气，使叶片振动，让我听听，你们吹出声了吗？如果一下子吹不出声也没关系，把叶片或小纸片放到快到嘴唇的地方……门墩儿，那树叶不能吃……然后把它拉直，用力吹，可以感觉到纸片挠嘴唇吗？这就是纸片或叶片在振动了，振动到一定"寸劲儿"的时候，就会产生声波，也就可以出声了！

春妮：声波？

度哥：声音本身就是一种波，通过空气的振动，传到你的耳朵里，就变成了你听见的声音。

爷爷：（对度哥竖起大拇指，度哥指指手机）空竹和鸽哨能够发声，是因为哨口的空气和共鸣腔振动产生了声波！

门墩儿：我在学校鼓号队吹的号，还有春妮吹的笛子就是这个道理吗？

爷爷：稍有不同！你说的这些乐器，是因为有一个小片片，振动产生了声波，竹笛、芦笙、葫芦丝都是这类乐器，我们叫它单簧气鸣乐器。不过我小时候可没有这么多乐器可以吹，一片树叶就能吹出一个曲儿来！（对观众说）我看看，你们有谁能吹出曲儿来呀？

【观众互动，观众起身吹树叶或纸片】

【如果不是观众，就由姑姑的扮演者（刚刚空竹大爷的角色）扮演】

爷爷：对对对，就是这个调儿，（看着观众）哎呀……铁蛋儿！

春妮：啊？爷爷又糊涂了！叔叔不好意思，我爷爷脑子糊涂，把您当成他的发小儿了，麻烦您配合着他演一下吧！

爷爷：铁蛋儿！

观众：哎！

爷爷：还记得我是谁吗？

【春妮提醒】

观众：振华！

爷爷：哎！这几个又是谁呀？

春妮：我们也是您的发小儿啊，我是淑兰，这是……金生，这是旺财！

门墩儿：（嘀咕）我家狗狗也叫旺财！

春妮：配合一下，你忘了，胡同口孙爷爷也叫旺财！你演他！

爷爷：嘿嘿嘿，好好好，都聚齐了，走，咱们回音壁走着！

【屏幕上，天坛穹宇被画出来】

【画面上，小人在回音壁两端的不同位置互相喊话】

春妮：我们来到了回音壁，爷爷让我带着门墩儿和这位刚刚偶遇的铁蛋儿叔叔站到他和度哥的回音壁的对面。

门墩儿：铁蛋儿叔叔，您之前去过回音壁吗？

【观众回答】

【门墩儿即兴反应】

春妮：我们之间隔着61.5米，爷爷让我们对着我们面前的墙壁说话。

门墩儿：铁蛋儿叔叔，您说，会发生什么现象？

【观众回答】

【门墩儿即兴反应】

春妮：那您试试！

11

【观众表演】

爷爷：唉！听到了，听到了！铁蛋儿啊！

【观众回答】

爷爷：铁蛋儿你还记不记得，小时候咱俩常到这儿来玩儿？

【观众回答】

爷爷：那时候刚解放，哪儿有什么公园儿啊，幸亏住在中轴线，咱们蹬个自行车就来天坛了。你还记不记得，咱们对着回音壁，唱的是什么歌儿来着？

【观众回答】

爷爷：来都来了，唱一个！

【观众回答】

度哥：铁蛋儿叔叔，您还记不记得，您小时候最喜欢弹旺财的脑啧儿？您现在弹一个呗，我们试试能不能听得见。

【观众回答】

【门墩儿即兴反应】

爷爷：铁蛋儿啊，你想不想去三音石那儿玩玩儿？

【观众回答】

爷爷：走，咱们去三音石！

【屏幕上，是三音石的漫画】

春妮：我们站在三音石上，铁蛋儿叔叔站在中央，他用力地拍了一下手，啪啪啪，我们听到了三声清脆的回响。

【声效配合】

爷爷：走，铁蛋，咱们去天音石！

【屏幕上，是天音石的漫画】

度哥：天音石坐落在圜丘之上。

爷爷：站在这儿，大声说话，声音可以传到天上去！说的话有机会能够成真哦！

春妮：我想考试得一百分！

度哥：我想获得天下的所有知识！

门墩儿：我想吃红烧肉！

爷爷：铁蛋儿，该你了！

【观众回答】

【演员即兴反应】

爷爷：该我了，我希望我可以一直动脑子，希望我的好奇心一辈子不下班！

【每个人的声音，都被扩大了很多】

门墩儿：振华呀，你的好奇心不下班，人家铁蛋儿得下班回去接孩子了，你快让人回家吧！

春妮：谢谢铁蛋儿叔叔！送您一个小礼物！

度哥：我第一次来天坛，没想到这儿这么好玩儿！刚才神奇的声音，是什么原理呢？（打开手机准备查）

爷爷：怎么又问手机啊！你这小眼镜儿，要注意观察！

春妮：爷爷又认得你了！

爷爷：这不是小眼镜儿度哥嘛！你不是我春妮儿嘛！这不是门墩儿嘛！我脑子好使着呢！

度哥：那您说说，我们怎么通过观察天坛，了解声音的秘密呢？

爷爷：你们看，回音壁是一个非常规整的圆，本身墙壁也非常光滑，不过这些乱刻乱画"到此一游"的现象，都是会严重破坏墙壁的！要批评！还记不记得之前我们说过，声音本身是波，那么当我们对着回音壁说话时，声波会传到墙壁上，然后，被墙壁有规律地弹到另一个地方，然后再弹、再弹、再弹，因为整个回音壁的圆周修建得非常非常精确，加上这墙面是光滑的平面，所以声波会被反弹到回音壁的另一端，就被你们的耳朵接收到了！

度哥：爷爷，三音石，也是利用的这个原理吧？声音从这里出发，打到这儿，返回来，又折过去！

爷爷：嘿，对喽！真不愧是小学霸！举一反三！

门墩儿：那天音石呢？我想吃红烧肉的事情，是怎么传到天上去的？

爷爷：来，把你的水壶盖给我（门墩儿给），把你的手机打开音乐，给我放进去（度哥把放着音乐的手机放到水壶盖里），发现什么了？

度哥：声音变大了！

爷爷：想想，为什么？

度哥：因为声波在周围反射，形成了"拢音"的效果，但如果我们把手机拿出来，音乐的声波就会传到四面八方，所以在水壶盖里的声音比拿出来要清楚得多了！

爷爷：不错！给你点个赞！

门墩儿：爷爷，您说您一个建筑师，为什么还对声学有研究呢？

爷爷：我只是喜欢观察生活罢了，生活是我们最全面的老师。

春妮：除了天坛，这样的原理还在别的建筑上有应用吗？

爷爷：当然了，两千多年前的古希腊人，在城堡修建剧场，那时候没有扩音设备，就利用这个原理，可以让上万名观众都能听清台中间演员的窃窃私语！英国伦敦还有一条"悄悄话走廊"，在这条走廊的任何地方说悄悄话，走廊其他地方的所有人都可以听见！这就是应用了回音壁的原理！

【手机响，大家被扩声后的高音量吓了一跳，是小姑的视频】

小姑：春妮儿，你和爷爷在哪儿呢？

春妮：啊，我们……我们在……

小姑：你们带着爷爷跑哪儿去了？我刚刚看监控了，你们可够厉害的呀，趁着 AI 保姆升级，把爷爷偷走了。爷爷岁数大了，哪儿都不能去,快给他送回来!

春妮:您……您不是出差了吗?

小姑:我爸爸都被偷走了,我还出什么差啊?你们快回来!

爷爷:(抢过手机)谁说我哪儿都不能去了?

小姑:爸!您就让人省点儿心吧,您在哪儿呢,我接您去。我看这后面,像是天坛啊?

爷爷:不是!(灵机一动)你要是找我,就到……(爷爷指了指中山装最上面的一颗纽扣)这儿来找我!我们啊,要从这儿(拍拍左衣兜)撒喽!(挂断电话)

小姑:(不解地拍打着自己)这是什么呀这?真不让人省心!

第四场·大屋顶的秘密

地点:故宫

【随着爷爷的叙述,后面的屏幕投射出一件中山装被缓缓画出的图案】

爷爷:我的第一身中山装,是我爸爸的,那时候,我十八岁,踌躇满志地考大学,一心想当建筑师!我爸爸是个木匠,手艺特别好!他说,当建筑师好,当建筑师是要人舒坦地生活在美和实用的房子中、城市里,不能忘了人,也不能忘了本。那时候,北京正在大搞建设,我们小时候追跑打闹的老城墙,被推倒了,那些好看的城门楼也不剩下什么了,在我考大学的那天,我爸给了我一件中山装,他说,穿上这中山装,就会记住北京的样子。这中间的一排扣,是咱的中轴线,这儿是永定门,这儿是正阳门,这儿是天安门,这儿是端门,这儿是午门,这儿是天坛,这儿是先农坛，这是太庙，这儿是社稷坛，这儿是紫禁城！把北京城穿在身上，让我时刻记着自己的根儿，穿上中山装板板正正地站直了，中轴线就在咱正中间，像是这个城市、这个国家的人一样，顶天立地！

春妮：爷爷，那您刚才说让小姑去这儿（指第一颗纽扣）找咱们，那就是……

门墩儿：午门？推出午门斩首？妈呀！

度哥：爷爷那是要去故宫！

门墩儿：去故宫干吗呀？

爷爷：去故宫的房顶上，找钉子！那是我爸爸在我考大学之前让我得空儿就去干的事儿！

春妮：钉子？

【导游上场（由姑姑的演员扮演）】

导游：各位游客大家好，欢迎大家来到故宫游览，故宫最著名的建筑就是"三大殿"，分别是太和殿、中和殿和保和殿！旁边呢，还有慈宁宫啊、延禧宫啊等等，传说一共有9999个房间！像你们熟悉的魏璎珞啊、甄嬛啊、大猪蹄子啊，还有爸爸妈妈们熟悉的小燕子、紫薇，这些影视人物都与这里有关。

春妮：爷爷，咱们到故宫了！

导游：欢迎老爷子来到故宫游览！老爷子今天的参观有什么目标吗？

爷爷：我今天想让我家这几个孙子孙女还有咱们在座的游客们，在咱们故宫的房顶上，找找钉子！

春妮：这么多、这么大的大殿，找个钉子还不容易？

门墩儿：就是，那是你们眼神儿不好，我们台下有这么多游客呢，大家一起找，准保能找到！

度哥：我负责这一片儿！

春妮：我负责这一片儿！

门墩儿：我负责这一片儿！

导游：我负责那一片儿！

爷爷：得嘞！大屋顶，上场！

【工作人员在观众席几个区域分发了几个非常大的斗拱构件模型】

爷爷：如果在一分钟之内，有谁在大屋顶的斗拱上，发现了钉子，我有大礼包赠送！预备，开始！

【观众互动】

【时间到】

爷爷：没找到吧！那就把大屋顶还给咱们工作人员吧！

导游：老爷子，时间太短了！

爷爷：时间短？我可是找了六十多年，他们太爷爷找了一辈子，连一颗钉子都没找到！

度哥：（查手机）哦！这是斗拱结构！

爷爷：没错！这和鲁班锁是一个原理，都叫"自锁结构"，是咱们老祖宗留下来的宝贝！

度哥：自锁结构？（查手机）鲁班锁解法……

爷爷：还是放不下手机啊？手机上这条解释哪儿来的？

度哥：网上的。

爷爷：网上哪儿来的？

度哥：嗯……嗯……

爷爷：凡事啊，要追本溯源，网上的知识，不也得是人传上去的？人五个手指头还不一边齐呢，你能确保每个人传上去的知识都是完全对的？要是所有知识都靠从网上看，那今儿传一个，明儿改俩，你这小脑袋瓜儿装得下吗？所以，在能从实践里学习的时候，就珍惜实践的机会，在看到新知识的时候，多问一句"是真的吗"，准没坏处！

度哥：哦！记住了！

17

爷爷：之前，跟你们玩儿的时候，没来得及教你们解锁，现在，咱就在把鲁班锁应用得最宏伟的故宫，学习学习鲁班锁的原理！现在，请大伙儿拿出你们的鲁班锁，如果没有也没关系，我会教大家说口诀，你们可以把口诀拍下来，记住口诀了，以后就会解这样的鲁班锁了！

度哥：我的已经拿好了！咦，我发现，这六块儿零件长得是有规律的！

春妮：两块儿是左右对称的！

度哥：一块中榫，一块中卯。

门墩儿：一个长得像板凳，一根锁木。

爷爷：不错，观察得很仔细！咱们先挑出两块儿对称的，找到后，长端向上，第一句口诀：对称两块儿长端上。

春妮：嗯，对称两块儿长端上。

爷爷：然后，右侧对准中榫插。

门墩儿：哪个是中榫？

度哥：这块儿。

爷爷：没错！再跟我记一遍，右侧对准中榫插。

门墩儿：右侧对准中榫插。

爷爷：然后，左侧上翻垂直入。

度哥：左侧上翻垂直入。

爷爷：板凳对面往里插。

春妮：你看，这还真像个板凳！

门墩儿：板凳对面往里插。

爷爷：中卯平放进卯槽。

度哥：中卯平放进卯槽。哦，这就是网上说的榫对榫，卯套卯。

爷爷：最后一步，让锁木穿过这个方洞。口诀是：锁木穿洞稳全家。

仨孩子：锁木穿洞稳全家。耶！成功了！

爷爷：记住口诀，剩下的就是练习啦。

度哥：这个锁真是神奇呀！自己把自己锁上了！还不用一颗钉子！

爷爷：斗拱就是这个道理！

【导游送上斗拱模型】

度哥：我试着对着模型，把我在网上看到的大屋顶的构造解释一下！

春妮：加油！

度哥：斗拱，顾名思义，就是由斗和拱组成的，除了斗和拱，还有个重要的东西，叫作升！太和殿这种大屋顶的前廊称为挑檐，现代建筑也叫它"悬臂梁"结构。你们看，立柱在这里，斗拱的一个"斗"，支撑两个"拱"，就把一个支撑点分散到四个扩散的支撑点。（根据模型）在每个拱的顶端，装一个"升"，用来安装上一级的拱，可以像任意方向延展，形成多点支撑结构。实现大屋顶的牢固支撑，这样以此类推，就可以用自身的力量支撑着自己，不需要一根钉子，就能撑起大屋顶了。爷爷，您说我说的对吗？

爷爷：好孩子！脑子好使！活学活用！他们管你叫什么来着？真是一本"行走的少儿百科全书"！

春妮：爷爷，那您就是"行走的大百科全书"！

【手机响】

春妮：坏了！咱们没在午门等姑姑！

小姑：你们到底在哪儿啊？我想起你爷爷说的中山装的典故了，我在午门广场转了半天，没见到你们啊！

爷爷：小丫头，我们又溜啦！

小姑：爸，您别跑远了，这下儿您又要去哪儿啊？

爷爷：中轴线的起始点！你小时候儿常去玩儿的地方！

第五场·子午之端

地点：地安门，钟鼓楼

【轻柔的、有市井气息的音乐起】

【投影幕上出现了鼓楼、地安门、后门桥】

小姑：我是在胡同儿出生的。我是我爸最小的闺女，他总是骑着自行车带着我在胡同儿里穿来穿去，从我家，向西，过了马路，就是后海，顺着后海能一路骑到柳荫街、恭王府、新街口、展览馆、动物园……我现在还记着自行车清脆的车铃声和胡同儿里大槐树洒下的树影儿，一唱一和的。但我不喜欢住平房，上厕所不方便，我可盼着能像有的小孩儿那样住高楼了。我们家搬家那会儿，我爸我妈和我大哥大姐，都抹了泪，就我最高兴。但搬家不久我就出国了，从研究生读到博士，从计算机学到人工智能。我喜欢云计算、大数据，我相信这是人类的未来。所以，自从我爸的脑子有点儿开始犯糊涂的时候，我就把我爸送到了最高级、最智能的养老院去生活，我相信，科学一定会帮我们提供最精确的服务！这会儿，我爸让我去我小时候常玩儿的地方找他，还是中轴线的起点，哪儿呢？（回头看了看大屏上的画）哦！我明白了！

【轻柔的、有市井气息的音乐缓缓播放】

【投影幕上的鼓楼、地安门、后门桥填充上了色彩】

【许多汽车的噪声】

【潺潺水声很清晰】

【爷爷动情地四下看着】

春妮：爷爷，这不是我小时候的家吗！门墩儿！你还记得胡同儿口在哪儿吗？

门墩儿：你等会儿，刻着咱俩身高的那棵树呢？

春妮：我还记得这条小河！

度哥：你们小时候儿生活的地方还挺有意思！

门墩儿：那是！

爷爷：来，卫华，汉东，雯雯！我给你们开个会！

门墩儿：得，爷爷又串行了！（主动裹上头巾）

爷爷：卫华，你在大学里挺好的？

门墩儿：挺好的，挺好的！学校食堂，天天有肉吃！

爷爷：别光顾着吃，要跟同学在学业上互相帮助！也多给爸爸写写信！

门墩儿：好的好的！

爷爷：汉东啊，你不是想出国去学桥梁工程吗，我考考你，这座桥有什么讲究啊？

度哥：（把春妮叫到一边儿）你爸怎么学这么难的专业啊？

春妮：这座桥叫后门桥，快上网查查！

度哥：后门桥，也叫万宁桥，是中轴线和北京的通惠河相交的很重要的一座桥，也是中轴线上唯一的一座桥，始建于元代。桥下的这条玉河，斜穿北京而过，是从通州到市中心输送南来北往粮食和商品的经济命脉！这座桥下装有水闸，名为澄清闸！相传在这座桥的上游处，还有一座古闸！怎么样？

门墩儿：不对啊，北京的地势西高东低，水是从西往东流的，这装上货物的大船难不成要逆水行舟？多累啊！

度哥：这……这网上没写啊！

爷爷：卫华这问题问得好！你想学桥梁，连家门口的小石桥都没琢磨明白，净想着出国修外国桥！你要是不把远古人的高科技研究明白了，我不许你出国念大学！我先回家了！你反省反省！（四处转悠找不到家）咦，我们家那胡同儿口呢？（转悠着下，春妮跟着）

【度哥发愁，上网继续搜索】

【一位推着车卖小金鱼的人上】

卖鱼人：卖小金鱼儿喽！卖小金鱼儿喽！小孩儿，过来看看小金鱼儿！

门墩儿：度哥，你别发愁，万一爷爷一会儿明白过来，可能连这个问题都忘了！你看，这师傅给鱼缸换水还挺好玩儿，拿个管子灌上水，你看你看，这两边的水面很快就一样高了！

度哥：（像发现了什么）为什么？

卖鱼人：我哪儿知道为什么，只要水底下一通，两边的水位就持平了，水闸呀，三峡大坝呀，不从来就是这样吗！管他为什么呢？

度哥：借我这个用一下！（度哥从推车上拿起一个水槽）爷爷！哦不，爸爸！哎呀，怎么那么奇怪啊？春妮儿！我找到答案了！

【爷爷还在找胡同口，被春妮搀回来】

爷爷：奇了怪了，出门买个大饼的工夫，怎么胡同儿口就找不着了？汉东，你琢磨明白了？

度哥：明白了！

【度哥拿出水槽，一边演示一边说明】

度哥：我们假设这就是这条玉河，你们也可以想象它是三峡所处的长江，这两个，是河道中的两个大闸门，当船在地势低洼的地方时，关闭上游的闸门，打开这个船闸，过一会儿，两边的水面就持平了，船就能游到中间，然后，再打开这边，让中间的水位上升到和上游一样，打开门，船就能驶到高处去了！

爷爷：不错不错！汉东，你马上要出国读书了，虽然桥梁工程在国际上有了很多新技术，但你不能忘了，咱们中国是水利大国，在古代，可是建成了都江堰、挖出了京杭大运河、修出了赵州桥的，在你从小儿长大的中轴线、小小的后门桥上，也藏着中国古代先人的智慧。

门墩儿：可我总觉着咱们的智慧有点儿落后啦。

爷爷：咱们中国和西方的科学发展是有差距的。近几个世纪，在西方工业革命的快速发展下，许多西方科学家取得了不菲的成绩！而我们的国家由于闭关锁国，故步自封，科技发展停滞了几百年，所以在科学研究上落后了。但是中国的工匠们并没有封存他们的智慧，他们将精湛的技术技艺，应用到生产生活中，不断地发扬光大，凝聚出无数传统智慧的结晶。

春妮：门墩儿，哦不，卫华你听听，你就知道给自己抹黑！

门墩儿：（嘟囔着）我不是那个意思！哼！

爷爷：我在想，这些结晶里面藏着的智慧和思维方式，如果能和西方的理论、实验、计算结合起来，一定能造福全世界。你们一个个儿的，都想出国学习高科技，爸我不拦着。只是一定要牢牢地记着，在你们的骨血里，有咱们自己国家的文化密码，它教会中国人看待世间万物的方式，记着它，遇到问题时想想老祖宗的智慧和工匠精神，准没错儿。

【小姑风尘仆仆地赶到了】

小姑：爸！我想起来了，我出国读书那年，专家们在这个桥底下挖出了一个小石老鼠，研究后发现，这与永定门挖掘出的一只小石马刚好呼应，子鼠对应着午马，子午正是这种轴线的两端。所以，鼓楼就是老中轴线的起始点！您不说，我还真想不起来了！

爷爷：雯雯，你来啦！（兴奋地指着几个孩子介绍）我正跟你大姐、大哥，还有你……咦？我正在跟你、你大哥、你大姐，还有你？怎么回事？你大姐，你大哥，你，还有你？不对啊，我到底有几个孩子啊？（问卖鱼的）

【咚咚咚——鼓楼上的鼓敲响了】

小姑：（兴奋）好多年没听到这暮鼓晨钟的声音了！这听着真安心啊！

春妮：小姑，为什么是暮鼓晨钟，不是暮钟晨鼓呢？

23

小姑：你想想，古时候，大家还没有手表的时候，如果有人在大半夜里报时，你觉得你是听见鼓声时容易继续睡觉做梦呢，还是听到钟声呢？反过来，如果你早上该起床了，你是听到当当当的钟声时容易觉得清醒呢，还是听到闷闷的鼓声呢？这是中国文化里特别的人文关怀，潜移默化地应用到了不同频率的声音给人不同心理感受的原理。

春妮：敲鼓了，说明天晚了，小姑，对不起我们把爷爷偷走了……爷爷还是……

爷爷：嘿！我想起来了！你是我闺女，你，是我孙女，你是眼镜儿，你个门墩儿头上裹着个头巾，出什么洋相呢？

度哥：哎呀，您可算想起来了，我刚才差点儿被您的问题难死！

春妮：我就说在中轴线上，能找回到爷爷的记忆吧！您可算想起我们来了！

门墩儿：爷爷，小姑姑也来了，咱们也找到中轴线的头儿了，我也饿了，咱回吧！

小姑：这虽然是老北京中轴线的头儿，但不是新北京中轴线的头儿啊，爸，既然咱都出来了，咱就继续北上！

爷爷：哪儿啊？

小姑：大球！

爷爷：大球？走！

第六场·向北而行

地点：北京科学中心

【中轴线华灯初上】

春妮：沿着中轴线，一路向北。

门墩儿：过了北二环的中轴线，整座城市显得年轻了起来。

度哥：导航显示，中轴线现在的最北端在奥林匹克森林公园的仰山。

小姑：2008年的奥运会，点亮北京天空的大脚印，就是沿着这条路走的。

【影像停留在北京科学中心球幕影院的大圆球上】

爷爷：大球到了！你们几个小年轻儿在这儿溜达什么呢，今儿不得值夜班啊！

门墩儿：啊……哦……值班，值班！

【两位科学中心讲解员上场】

讲解员甲：您好！不好意思，我们科学中心今天已经下班了！

爷爷：下什么班，今天加班！

【小朋友们比画着，意思是老人脑子有些糊涂】

讲解员乙：(仔细打量)这不是周爷爷吗？(发现)小雯姐姐！

讲解员甲：你认识？

讲解员乙：咱们中心退休的老专家！周爷爷这么晚您来……

爷爷：(打断)什么爷爷，我还没退休呢就叫我爷爷，都把我叫老了！

小姑：(提醒)叫周老师！

爷爷：对，(对姑姑)这位同志很到位，就当我的助手吧！

讲解员甲：哦！周老师，这么晚了，您来加班做什么呀？

爷爷：做……(问小姑)什么呀？

小姑：（问讲解员）你们还在这里做讲解员吗？

讲解员：对！

小姑：做面试啊！您说您要退休了，需要年轻的科普工作者，把科学的小种子种到更多人的心里去！

爷爷：哦！对对对！那他们几个……

【几个小孩儿准备溜】

爷爷：也是来参加面试的吧？

孩子们：对啊！

爷爷：（看着台下观众）那这么些人，也是来参加面试的吧？

孩子们：（起哄）对啊！

小姑：请大伙儿帮我个忙，一会儿，如果我说到的一些问题，您知道答案的，请您举手回答，答对了，我会送您个小礼物！谢谢大家！那么，北京科学中心科普讲解员面试现在开始！周老师，您第一个提问！

爷爷：请回答，北京科学中心现在的这座大楼，以前是做什么的？

【孩子们七嘴八舌地乱答】

【观众有人回答，答对】

讲解员甲：我补充一下，北京科学中心现址，的确如刚才这位求职者所言，是中国科技馆的旧馆。

爷爷：不错不错！请回答，这个大球，是干吗的？

【孩子们七嘴八舌胡说八道】

【观众有人回答，答对】

讲解员乙：没错，这座大球，可是中国第一个球幕影院！想当年，在这里放的第一个影片是美国的《科罗拉多大峡谷》，那排队的观众，海了去了！

爷爷：请回答，这个科技馆是什么时候落成开幕的？

【孩子们不敢瞎说了】

【观众有人回答，答对】

讲解员甲：这次可真是遇到行家了！这座大楼于1988年8月竣工，同年9月正式开放，1996年再一次扩建，2000年4月正式开放。

讲解员乙：2001年，这里专门开辟了"儿童科技乐园"。从此，北京的儿童有了自己玩儿科学的地方，也成了中国各地的孩子来北京必须"到此一游"的胜地！

【大屏幕上滚动着许多怀旧的老照片，都是孩子们和科技馆的合影】

春妮：天哪，那时候我还没出生呢！

讲解员甲：2018年，这里再次变身，成了"北京科学中心"。更多小朋友，和他们的同学、老师一起，把这里当成第二课堂，从这里开始认识生命、懂得生活、理解生存的意义。

讲解员乙：许许多多丰富的科学课程和活动在这里举行，在许多孩子心中种下了科学的小种子！

讲解员甲：在北京科学中心，有十个主题实验室，布展面积2671平方米，涉及基础科学、专业学科、创意互动、教师培训等方面内容，不光能培养青少年的科学兴趣、动手能力，还将提升国内科技教师的科学素养和教学科研水平！

讲解员乙：不光有室内实验室，我们还修建了科学广场，建设内容包含科普展品和户外气象站，用于科普展示、公众休闲及功能区拓展。在广场中设置了若干能够体现科学性、艺术性、休闲性的互动设施，布展面积达到2800平方米！

爷爷：你俩知道的还真不少！但你们太年轻，一定不知道建立这样一个科学圣地有多难！

讲解员甲：周老师，您请坐，让我们和孩子们一起坐上时光机器，回到50年代的中国看看。

讲解员乙：1958年，国家准备筹建"中央科学馆"。周总理批准了这个计划，还将其列入了"首都十大工程"，并选中了梁思成先生的设计。但因为那时候国家经济困难，就暂停了这个计划，但这一暂停，就停了二十年。

讲解员甲：时光机器到了1978年，在那年的第一届全国科技大会上，兴建科技馆的议案被再次提起，可是，因为种种原因，又一次暂停了！

爷爷：那时，我已接近不惑之年，而我的很多老师、很多最早提议建设科学馆的老科学家都年事已高。直到1984年，一批老科学家和我们这一代年富力强的科学工作者锲而不舍地再次提出议案。这一次，国家计委再次批准，正式把它列入了国家"七五计划"。

讲解员甲：1984年11月，这座大楼正式开工了。

爷爷：我忙活起来了！家都不沾！

讲解员乙：1988年，竣工，开放。历经了整整三十年，这里成了第一个国家级的，可以让公众学习科学、参与科学的专业场馆。

爷爷：这俩孩子，你们太棒了，你们对这里的历史怎么这么了解啊！

讲解员乙：我叫XXX，我是这个大球的同龄人，小时候，我们家就住在这儿马路对面。

讲解员甲：我叫XXX，我不是北京人，我就是小时候来北京玩儿，把这里当成神奇的游乐场的小孩儿。

讲解员乙：我就是在这个游乐场里，发现了自然、大地、星空、宇宙的奥秘，开启了我在大学里学习科学的大门。

讲解员甲：所以，当我知道这里作为北京科学中心招募科普讲解员时，我第一时间就来报名了，我想在更多孩子心里种下科学的小种子！

讲解员乙：我想让这个北京的科学新地标，成为现在的孩子心里胜过游乐场、超过电子游戏的情感记忆!

爷爷:你们俩!被录取了!当年的科学小种子长成树,又回来继续播种了,我真高兴!(对孩子们)你们几个,落选了,以后要再接再厉!走,咱们沿着中轴线,回家去!咦,这家……在哪儿来着……

春妮:爷爷?

【爷爷茫然地看着春妮和孩子们】

春妮:爷爷,您又想不起来家在哪儿了?

爷爷:中……中轴线上……你是……谁?

小姑:走,咱们到中轴线的最高点上,看看咱的家!

第七场·中轴夜色

地点:景山万春亭

【爷爷的眼睛被蒙着】

爷爷:说好了回家,你们这是把我带到哪儿来了?

小姑:您看!

【屏幕上,是从景山万春亭看到的故宫的夜色】

春妮:爷爷,您看,从这儿能看见今天这一整天,您带我们走过的中轴线。

小姑:爸,这是中轴线上的制高点,您记得吗?这是您最喜欢的地方!

【爷爷动情地向四方远眺】

度哥:从这儿,可以看到整个北京!

春妮:故宫!

度哥：北海白塔！

门墩儿：CBD！我妈妈就在那个大楼上班！

小姑：爸爸，那个方向是科学中心！

爷爷：中轴线！

门墩儿：爷爷您看，故宫的宫墙四面一绕，中轴线往中间一穿，像不像一个字？

爷爷：小门墩儿，眼力真好，这是个"中"字！

春妮：爷爷，真的是"中"字！

度哥：中间的中，中庸的中，中国的中。

爷爷：大概没有一个国家的文化，能从一个字里，就说尽了这个文化推崇的美的内涵。

小姑：爸爸，是什么样的美？

爷爷：是对称！你看这故宫，如果沿着中轴线对折，两边几乎可以重合在一起，这就是对称！你看到对称的图形，会有什么样的感受？

度哥：稳定！

春妮：平衡！

门墩儿：规矩！

小姑：温和！

爷爷：你们觉不觉得，这正是中国人的普遍性格啊！中国古代的先人大概早就发现了，自然界中，几乎所有生命，都能找到对称的特征。

春妮：天坛、故宫、鼓楼都是对称的！

度哥：还有诗歌、楹联，也是上下句对仗的！

爷爷：这都藏着中国人独有的平衡的概念。

门墩儿：我觉得，北海这边的绚丽，和 CBD 的繁华，也是一种平衡！

小姑：中轴线延伸，穿过水立方和鸟巢，也是一种平衡，是一种传统和未来相交融的平衡!

爷爷:而这中轴线,正是从传统走向未来,从中国走向世界的支撑,更是咱中国人端端正正的脊梁骨。站在这儿,你可以调动一切好奇心和想象力,去想象这个城市、这个国家、这个世界未来的样子!春妮儿,说说你想象中的未来!

【不知何时,天空中飘起许多彩色的泡泡,与静谧古朴的故宫的夜景相称,绚烂,生动,梦幻】

春妮:我想象中的未来,人们的交流可以更加便利,大气层可以成为回音壁,使我和远在国外的爸爸妈妈,不用网络、不用电话,就能随时随地交流!

爷爷:门墩儿,你呢?

门墩儿:我想象中的未来,房子是可以拆装的,小孩儿也都可以像玩鲁班锁一样,在自己喜欢的公园,建造自己结实的房子。

爷爷:还有你,小眼镜儿!

度哥:我想象的未来,城市中有可以走路的空气河流、立体的闸门,把我们传送到想去的地方,再没有拥挤的马路,把大片的空地,留给我们种花种树。

爷爷:我想象的未来,每一个好点子,都会变成一颗种子,像蒲公英一样,都有土壤可以生根发芽。闺女,你也来说说!

小姑:我想象的未来,更高级的人工智能可以帮助我们从事基础的劳动,使人类可以留下更多的时间和精力从事创造性的工作,享受从容的人生。

爷爷:你说的这个未来,不是已经实现了吗?(四下寻找)咦,我记得,这段时间,我身边老有一个特别有眼力见儿的、把我伺候得无微不至的、让我都有点儿烦了的、没事儿还得充电的小丫头,她在哪儿呢?我都有点儿想她了!

春妮:爷爷,中轴线让您不光想起了我们,还想起来您的AI保姆了?

门墩儿：坏了，她升完了级，估计找不到您，正在崩溃呢！

爷爷：走走走！咱回养老院救救她去！

小姑：爸，咱……不回养老院了！我知道您在里面闷得慌！

爷爷：那你得快点儿开发开发那个保姆丫头陪我聊天、帮我做科学实验、听我讲笑话的人性化功能啊！

小姑：好！

爷爷：那别在这儿愣着了，赶紧送我回去吧！你抓紧时间搞科研！你们几个，跟我玩儿！

春妮：我们现在就去！

门墩儿：不光今儿个去，我们天天去！

度哥：我们天天陪您做实验、听您讲笑话！

爷爷：嘿嘿！这下不闷了，那咱，沿着中轴线，打道回府！

地球环游记

　　作品以小朋友圆圆、小胖探寻地球形状的真相为主线，与知道先生相遇后一起穿越历史探索地球的故事，通过幽默、亲密、感性的表演创造出奇幻的故事展开方式，带领观众沉浸在与麦哲伦、僧一行同行的"真相之旅"之中。神秘的探索过程，生动地展现了历史中所体现的科学成就，从中告诉观众关于地球的各种有趣知识。让大家求知的内心能够自由地飞翔、在快乐中找寻真相。

　　圆圆——女，10岁。戴着小眼镜的、瘦瘦小小的小女孩，每天像一个小大人儿一样抱着书本，所有的事情都喜欢问电脑，而不是自己通过实践得出结论。

　　小胖——男，11岁。有点儿小虚荣，喜欢追求时髦的小胖子，有些稀里糊涂，愿意跟着大家一起冒险，乐于帮助别人。但对所有事情不求甚解，不够严谨，总认为知道大概即可。

　　知道先生——男，35岁。真理探索器游戏中的NPC，来自氐宿星，化身为大人，陪着孩子们一起冒险，一起探索关于星星和地球的奥义与真相。

　　麦哲伦
　　船员
　　工作人员们
　　僧一行
　　打更人

第一场

【多媒体，模拟老师上课的视频，讲述地球的起源，提出地圆说的理论】

【下课铃声】

【背景：学校一角】

【画外音：好了，同学们，下课】

【圆圆拿着书遮挡着自己的脸，认真地边读边走】

圆圆：地圆说，是一种认为大地是球形的理论。公元前6世纪的古希腊数学家毕达哥拉斯提出大地是球体这一概念。1522年，葡萄牙人麦哲伦的船队以无可辩驳的事实向全人类证明了这一观点。这对科学的发展和人类对宇宙的认识都有着重大意义。

【小胖手里拿着篮球跑了出来，撞到了圆圆。书掉在了地上】

圆圆：哎呀！你小心点儿！

小胖：走路不看道儿，你也不怕摔着！

圆圆：是你不看路！

小胖：好了好了，对不起！

【小胖帮圆圆把书捡了起来】

小胖：书给你啦。再见！

圆圆：唉，等会儿。

小胖：怎么了？

圆圆：你说地球真的是圆的吗？

小胖：老师不是说了吗，地球就是圆的。

圆圆：那你相信吗？

小胖：哎呀，反正书上说啦，就不会有错。

圆圆：我在做预习的时候查到过一个说法，说地球是平的。

【小胖着急去打球，不想搭理圆圆了，随意地搪塞圆圆】

小胖：听老师的，没错的。

圆圆：你怎么这么不求甚解呢？！

【圆圆拉住了准备走的小胖,小胖可怜巴巴地被圆圆拽了回来】

圆圆：不行，我要查清楚这个事情。

【圆圆拿出一个小机器】

小胖：真理探索器？

【圆圆认真地摆弄着这个机器】

圆圆：没错。

小胖：这就是传说中的真理探索器吗？就凭这个小东西，就能告诉我关于地球的秘密？

圆圆：现在问电脑，问手机什么的都过时了，妈妈给我买了这个，说明里说可以跟不同时期的人对话，我觉得要不问问试试？

小胖：你可真是，老师说地球是圆的你不相信，怎么它说你就相信了？你呀你呀，就是太过于相信书本、相信别人说的了。

圆圆：我至少凡事都想了解清楚，那你呢！你对什么都是不求甚解，你有什么证据能证明地球就是圆的？

【对于圆圆的发问，小胖一时间无法回答，愣在了原地】

圆圆：那你说，地球是什么形状？

小胖：要我说，地球就是一张饼！你想想看啊，像咱们天天拍的皮球，如果我们站在上面，那地球对面的外国人，岂不是倒着挂在地球的下面？

圆圆：可是书上不是这么说的……

小胖：你这么想，你跟爸爸妈妈爬山的时候，往下看，城市是不是铺在地上的。我只相信我看到的，地球也一定就是这样的。

圆圆：可是……

小胖：唉，给我看下你刚才跟我说的你预习时候查的理论。

【圆圆拿出手机，递给了小胖】

【多媒体上可以播放一点儿关于地球是扁平的的视频】

小胖：说得挺有道理啊！就这么定了！照我说，地球就是平的！

圆圆：可是飞机可以环绕地球一整圈！

小胖：你看看，你看看，这就是不认真思考，我可得批评你了。你说的一整圈是站在赤道的角度，但是！如果世界的中心是北极呢？那环绕一圈也就是打了个转儿。

圆圆：那南极怎么解释？

小胖：你见过有去南极的飞机吗？没有吧。我爸爸出差去俄罗斯老经过北极，可从来没经过过南极。所以，我猜测南极啊……

圆圆：怎样？

小胖：南极，就是堵冰墙！墙外就是世界的尽头了！

圆圆：歪理邪说！照你这个理论，地球也可以是三角形，长方形、甜甜圈形都成立！

小胖：哎呀，那这个不对，那个也不对！快，用它试试吧！

【两人小心翼翼地捧起真理探索器】

【神秘的音乐响起】

小胖：你不是说……它可以找到真理的奥义吗？现在我们需要做些什么吗？

【小胖摆出祭祀跪拜的动作，煞有其事地准备着，圆圆无语地从书包里拿出两副眼镜】

小胖：我感觉此刻自己化身成了特工，要去执行一个绝密的任务，咱们这个任务的代号就叫作……

【被圆圆打断，圆圆给小胖戴上眼镜】

【滴滴的音效】

【探索器：真理探索器正在启动，请稍候】

【舞台 LED 背屏放出七彩光芒】

【画外音：欢迎来到真理探索器】

【知道先生上场（整个可参考《底特律：变人》的人物

设定）】

知道先生：欢迎进入真理探索器，我是知道先生，也是你们的专属向导。我们开始之前，请先调整设定便于提升您的体验感受。从您的主机检测到的语言设定为中文，这是正确的吗？

小胖：正确！

知道先生：接下来，请您选择年代设定：远古、近代、现代。

圆圆：不知道啊……

知道先生：如果您不知道具体选择，可输入相关问题，系统为您查找。

【圆圆在真理探索器上输入：地球真是圆的吗（多媒体配合）】

知道先生：系统收到您的问题，正在为您匹配相关资源包与向导人物设定，请稍后……准备就绪，您即将进入真理探索器的世界。别忘了，这不只是虚构，也是我们的探索……

【主题曲，和舞蹈配合】

【背景画面在时空穿梭，音乐比较欢快热情，两个人在场上奔跑起来变换队形，简单的舞蹈动作，忽然间背景动画仿佛进入黑洞，两人被慢动作吸走，定格，慢慢昏倒】

圆圆、小胖：（不约而同地问）地球，真是圆的吗？

【一道刺眼的光，由后向前打】

第二场

【起定点光，圆圆和小胖，两人好奇地四处探索】

【起下场台口定点光，NPC 知道先生摆出一个 NPC 的姿势一动不动】

小胖：这里是哪儿啊？（躲在圆圆身后四处观察）

圆圆：不知道啊，白光一闪，咱们就到这儿来了。我头好晕啊！

小胖：你看！知道先生！

【小胖蹑手蹑脚地走近知道先生，猛地扯了一下知道先生的衣角，赶紧跑回圆圆身后】

知道先生：欢迎你们，勇敢的冒险家。欢迎来到真理探索器中的游戏世界，在这里，你们将跟我探索"地球是不是圆的"这一个问题。

圆圆：他怎么和刚才感觉不太一样？刚才像个机器人，现在怎么这么的热情？

小胖：刚才不是说了吗，要给他匹配相关的人物设定。

圆圆：啊，所以现在是什么人物设定？

知道先生：自我介绍一下，我是此次为二位答疑解惑的向导，我来自氐宿星，归属于东方七宿……

小胖：等等，氐宿？这是什么？

知道先生：氐宿是中国神话中的二十八宿之一，位于东方青龙七宿第三颗，是龙胸及前爪。在七曜属土，图腾为貉，故亦称"氐土貉"。

圆圆：意思是，他来自星星？

小胖：氐宿两个字怎么写呢？

圆圆：我查查。

小胖：查？你带手机了？

圆圆：那是当然，现在我们走哪都得带着手机，一切的问题、困惑都可以在手机和电脑上找到答案。

小胖：知道先生，您说您来自星星？

知道先生：可以这么理解。

小胖：这不是古代传说吗？

圆圆：我只知道星座，我是双子座，小胖是天秤座，还有……

知道先生：我差不多来自天秤座附近，当然还有一部分来自巨蛇座、牧夫座、室女座。

圆圆：这些都没在网络上看到过啊……

知道先生：知道为什么系统会为我匹配这样的人物设定吗？

小胖：随机分配？

知道先生：唉，同样都是星座，你们只知道外国的，连属于中国自己的传统文化都不知道，就像你们提出的问题一样，你们能说出外国科学家们关于如何证明地球是圆的的故事，但是中国古代的能说出谁呢？

圆圆：我……我现在立刻查！

小胖：对对对，一切问题、一切困惑都可以在网络上找到答案，网络无所不知、无所不晓。

知道先生：亲爱的小朋友们，此刻请放下你们的网络设备，既然来到了真理探索器，就将在探索器里面真实地去感受、去体会实践与探索的重要性。科学不再是文字，也不再是死记硬背的知识。

【圆圆和小胖不由自主地看向知道先生，知道先生开始营造氛围】

【多媒体出现海浪】

【大海音效】

知道先生：欢迎来到地球环游记第一关——麦哲伦的抉择。

圆圆、小胖：麦哲伦？

知道先生：从现在开始，冒险家们，你们就是伟大的麦哲伦船长的航海士，将跟船长一同环游地球。

圆圆：麦哲伦？我好像听老师说过这个名字。

知道先生：斐迪南·麦哲伦，探险家、航海家，葡萄牙人，为西班牙政府效力探险。1496 年，他被编入葡萄牙国家航海事务所，1505年参加了葡萄牙第一任驻印度总督阿尔梅达的远征队。先后跟随远征队到过东部非洲、印度和马六甲等地探险和进行殖民活动。这段经历使他积累了丰富的航海经验。1518年3月，西班牙国王查理五世接见了麦哲伦，答应了他航海的请求。1519年，在国王的指令下，麦哲伦组织了一支由五艘船组成的船队，计划航行地球一周。你们的故事就从这次航行开始……

【起光，音效：海浪、海鸥的声音。背屏是船的甲板，舞台上有几个船工在拖地，知道先生也混迹其中，麦哲伦拿着望远镜在远眺】

船员：船长，咱们已经航行了三十多天了，还没有看到陆地的影子，再这样下去不光粮草会告急，军心也容易涣散呀！

麦哲伦：在伙食上一定不要亏待咱们的船员，派两个人再去瞭望一下前方的情况。

船员：船上这两天开始有杂役对您提出的地圆说产生质疑了……

麦哲伦：我已经研究过航海图了，附近虽然没有岛屿，但是距离大陆并不远了。我们很快就会看到亚洲了，相信我。

船员：船长……

麦哲伦：怎么了？

船员：我们，还能回到西班牙吗？我的未婚妻还在等着我，我答应过她一定会回去娶她。

麦哲伦：我也有个小女儿在等着她的爸爸回家。在我们的船上，每一个人都是肩负着一个家庭而存在的，你放心，我不会辜负大家，更不会让家人失望。（笑）我的女儿还等着爸爸把波斯的糖果带回去呢。

船员：我相信您！

麦哲伦：把航海士叫到甲板上来，我有话要问他们。

船员：收到！（下）

麦哲伦：前方又要起风浪了。

【航海士圆圆和小胖被带上场】

船员：参见船长。（行礼）

圆圆、小胖：参见船长！（模仿着船员的样子）

麦哲伦：航海士，咱们在这片海域已经行驶了足足三十六个日夜了，怎么一点儿大陆的影子还是没有见到啊？

圆圆：地图显示我们到哪了？

麦哲伦：（摇摇头）这些地图已经是很多年之前的了，我们此行的目的也是为了能绘制出一份更精确的航海图。对不对，亨利？（看向小胖）

小胖：（指指自己，疑惑地看向圆圆，圆圆给他使眼色）啊，对！我会给您绘制出最准确的地图的。

麦哲伦：老朋友，你这样优秀的测绘员能在，我就放心多了。不过说起来，你当初为什么决意要跟我出航呢？这一路上这么艰难，甚至可能有去无回。

小胖：我……这……我也不想啊！

圆圆：（赶紧打圆场）亨利先生跟我说过，是为了找到地球方圆的秘密。

小胖：对，我正是为了这个。

麦哲伦：（笑）我说也是，我的好兄弟一定也都是志同道合的。

小胖：没错，正是为了真理嘛。

麦哲伦：是啊，真理。为了证明世界是圆的。这就是我活着最大的意义。

圆圆：为什么？

麦哲伦：（笑笑）王宫那些人，太保守、太老套了。我大胡子麦哲伦要证明自己的西行计划。欧洲之前的航海家向东到达过非洲南端的好望角，而我觉得，要是不通过好望角，说不定可以从西边航行，环绕地球一周后再回到西班牙。于是，我就带着我的五艘船和二百多名船员出发航海了。

船员甲：报告船长！前方能看见岛了！

麦哲伦：岛？太好了！全速前进！

【音乐响起，麦哲伦远眺，圆圆和小胖也拿着望远镜四处张望，远处传来海鸥的声音，船靠岸了】

麦哲伦：让大家在岛上找些水源和食物，好好休整一下吧，诸位都辛苦了。

船员：收到！

麦哲伦：（圆圆和小胖刚想偷偷溜到一旁）航海士！

小胖：在。

麦哲伦：这个岛屿从来没有来过，还得麻烦你们趁着这几天绘制一下地图，尤其是四周的珊瑚礁和浅滩的情况。

小胖：可……

麦哲伦：等着看你大显身手，我先去看看发烧的船员，辛苦你们了。（下）

小胖：这可怎么办，我也没当过真正的绘图师啊。

圆圆：那看来只能请教一下这里有经验的老水手了。

小胖：我们可以问问知道先生。

圆圆：知道先生！你知道海图怎么测绘吗？

知道先生：（拿出一份海图）这个是标准的海图格式，里面的数据还需要你们自己进行测量和实验。

小胖：太好了，我们赶紧开始吧！

圆圆：道理我都明白，可测起来太麻烦了，要是有网络就好了！

【一段欢快的音乐起，音效是海浪、海风声，背屏用一个有椰子树的岛。在台前设计四个光区，在音乐中，每一个光区演一段测量的过程】

【一段测量的实验】

圆圆：好热啊，这里要是有空调就好了。

小胖：圆圆，你看这些数据怎么都这么像啊。

圆圆：哪像了？

小胖：你看这个条溪，14米，这座小山，40米，这个沙滩，44米。这看上去都差不多啊，还有这些珊瑚礁，每个也都没什么区别啊。

圆圆：你赶紧确认一下，我要填在海图上了！

小胖；啊？你别着急，我猜猜……

圆圆：快点儿，一会儿就要登船了。

小胖：就这样吧！海沟4米，土坡44米，椰子树44.4米，还有那些珊瑚礁（收光）报告，测绘完毕！

【画外音，麦哲伦：全速前进！】

船员：起航！报告船长，发现未知海域的海峡！看见大陆了！

船员：报告船长，船只突然颠簸，应该是遇到了不稳定的海流了。

船员：报告船长，根据航海图显示，我们本应该顺利通过暗礁，而现在暗礁高度超出预期……

船员：报告船长，船只要搁浅了！

麦哲伦：收起左侧船帆，把船上所有不必要的重物都扔下去！舵头向右拉满，全速航行！

【一段激烈的音乐，表示在大海中的艰难航行】

【背屏变换成风雨大作的大海和摇摇晃晃的船只，灯光闪烁】

【场上人物一段无言的肢体动作，表现船只的摇晃、航行的艰难，可以出现慢动作等方式，表现航行的危险，在这一段表演中，小胖遇到危险，麦哲伦救了他】

【肢体动作后，音乐慢慢归于平静，海浪也渐渐平息，大

43

家渡过了难关,瘫坐在甲板上】

小胖:吓死我了,我刚刚那一瞬间差点儿以为自己小命不保了。

圆圆:还好现在雨过天晴了。

麦哲伦:航海士,为什么我们按照地图航行会遇到暗礁?

圆圆:你的数据准确吗?

小胖:我……

麦哲伦:这里怎么差了0.4米?

【小胖害怕地躲在圆圆身后】

小胖:就0.4,我以为没什么。

船员:你知不知道到就因为你的马虎,我们差点儿葬身大海!

小胖:我一直以为求一个大概就可以了,没想到需要这么仔细。

【船员团团包围着小胖,麦哲伦走到小胖的身边看着他】

麦哲伦:我相信你是无心的。

小胖:(快哭了)对不起。我没想到这点儿马虎的小错误会连累大家。

麦哲伦:在大海上什么事情都有可能发生,所以一定不能对事情抱有一种不求甚解的态度。

小胖:对不起……

麦哲伦:好了好了,来,咱们把错误的数据修正好。

【麦哲伦带着小胖去修正错误的数据】

船员乙:报告船长,咱们舰队已顺利驶出海流区域,到达了海峡的另一侧。

麦哲伦:功夫不负有心人,我们终于做到了!这是哪片大陆,快在海图上找找。

船员甲:这是?

麦哲伦:怎样?

船员甲：我们并没有在海图上发现刚刚经过的大陆和海峡，可以说这是一片没有记载的土地。

圆圆：那我们是第一批发现这个海峡的人喽？

小胖：目前来看，好像是这样的。

【众人欢呼起来】

船员：我提议给这片海峡起个名字，叫"麦哲伦海峡"好啦！

【起舒缓音乐】

小胖：我赞同！

【小胖看着面无表情的大家，又害怕地准备躲了起来，其实大家想逗逗他，众人都欢呼了起来】

船员甲：船长，过了海峡之后的这一片海域，我们从来没有来过。

船员乙：没错，看上去不像西班牙外的大西洋。

圆圆：这里一片风平浪静。

麦哲伦：这是好事情，在这样的海洋里航行，一定会安全很多。就称它为"太平洋"吧！

圆圆，小胖：（对视）太平洋？

知道先生：这就是太平洋真正的来历——是因为一片一望无际的平静的大海。

圆圆：哇……

【麦哲伦望着面前的海域，一脸欣慰】

小胖：麦哲伦船长，你害怕吗？

麦哲伦：怕？

小胖：如果什么都没有发现，如果遇到大风大浪，如果回不去家了怎么办？

麦哲伦：大海上还有很多的秘密是大家不知道的。我是一个对未知充满好奇的人，不去尝试着发现，不试着去探索，那么我们就会永远不知道。

【麦哲伦跑上甲板】

麦哲伦：休整结束，准备继续前进！

【知道先生、孩子们慢慢往前走，后面场上的光暗掉】

知道先生：这只舰队通过马六甲海峡，进入印度洋，绕过好望角，于1522年9月6日返回原港。航行3年，完成了绕地球一周的壮举。麦哲伦船队的环球航行，证实了地球的确是个球形，人们形象地把它叫作"地球"，陆地和海洋就分布在地球的表面。这样，"地圆说"才得到举世公认。

圆圆：原来是这样。没想到书上就短短几行字的结论，竟要历经这么多的困难。

小胖：知道先生，您刚才说我们只知道国外的故事，是不是还有我们国内的科学家的故事呀？

知道先生：可以啊小胖，开始思考问题啦？

小胖：哎呀。（挠挠头，做出害羞的样子）

圆圆：走呀！我好期待！

【光芒一闪，主题音乐起，小胖和圆圆齐唱，转场】

第三场

【一个充满书籍的房间，看上去是在晚上（可以补充一些唐朝的元素，与下文小胖问"那我们为什么在唐朝啊"呼应）】

【此时，场景中可以放置一些与海上丝绸之路有关的元素，与圆圆的提问相呼应。例如，书桌上放着一份文件，上面写着与海上丝绸之路有关的信息。】

小胖：这又是哪儿呀？看上去像是回到了古代。

圆圆：什么是海上丝绸之路啊？

知道先生：海上丝绸之路是古代中国与外国交通贸易和文化交往的海上通道，也称"海上陶瓷之路"和"海上香料之路"。

小胖：那我们为什么在唐朝啊？

知道先生：海上丝路萌芽于商周，发展于春秋战国，形成于秦汉，而在唐朝是最为兴盛的年代。

圆圆：那还不错，我们赶上好时候了。

知道先生：海上丝绸之路的作用是出口丝绸、茶、瓷器、金、银、书籍等，进口外国的象牙、香料、金银、宝石什么的，是中国与外国贸易往来和文化交流的海上大通道，也传播了民族工艺和儒道思想，在西方掀起了一股"中国热"。

小胖：我还听说，海上丝路可是已知的最为古老的海上航线呢。而且运输的货物主要是以陶瓷为主，加深了沿海地区的贸易往来，也促进了经济的发展。可是圆圆，我们为什么在这儿呢？

圆圆：这……我也不知道。

小胖：你看这个屋子里都是书和奇奇怪怪的装置，比如这个，上面都是龙，是干什么用的？

知道先生：这个是水运浑天仪。

小胖：什么是水运浑天仪？

【窗户支棍忽然掉了，吱嘎一声】

圆圆：嘘，好像有人来了。

小胖：不会吧。（很害怕）

【这时外面传来打更的声音，有脚步声逼近】

知道先生：快躲起来。

【打更人推门进入】

打更人甲：（打了个哈欠）困死我了，子时都过了，僧一行还在研究。

小胖：（小声）僧一行是谁啊？

圆圆：嘘。

打更人乙：是啊，真不知道他天天看这些摸不着的东西有什么用，又不能换成饭吃。

打更人甲：你都给我说饿了，赶紧去吃两口馍，休息一下准备丑时接着打更了，别误了时辰。

打更人乙：好，别忘了拿上僧一行让带的纸。

打更人甲：走，给他送过去。（下）

小胖：（呼）终于能说话了，知道先生，僧一行是谁啊？

知道先生：僧一行是唐朝僧人，是中国唐朝著名的天文学家和释学家，本名张遂，魏州昌乐人，谥号"大慧禅师"。一行自幼聪明敏捷，堪称过目不忘啊，他20岁博览全书，对天文历算尤其感兴趣，在历法、仪器制造和数学等方面，都取得了很大的成就。对了，这个水运浑天仪就是他发明的。

圆圆：这个东西有什么用呢？

知道先生：水运浑天仪依靠水的动力转动，每转动一圈，就是一天一夜。这上面还标着日月星辰，使星体的运转规律一目了然。上面的两个小木人被齿轮带动着，一个每刻自动击鼓，一个每辰自动撞钟。我们把一昼夜分成100刻，每刻就是现在的14.4分钟，每辰呢，就是现在的2小时。水运浑天仪和现在的钟表差不多，所以说它就是现代钟表的始祖，比公元1370年西方出现的威克钟还早了6个世纪呢。

圆圆：也就是说，这些在打更人嘴里看不见、摸不着的东西其实就是替代钟表的东西吗？

小胖：但是这个水运浑天仪是怎么运作的呢？

知道先生：不如冒险家们去问问僧一行本人，从现在开始，你就是梁令瓒了。

圆圆：等等，这位又是？

知道先生：梁令瓒于唐玄宗开元时任集贤院待诏。开元九年李隆基命僧一行改造大衍历，而无黄道游仪测候，梁令瓒精通天文、数学,创制游仪木样。后又与僧一行共同创制浑天铜仪。水运浑天仪是僧一行在梁令瓒的黄道游仪基础上做成的。因为这对于推算日月运行大有帮助,特别是游动黄道能符合岁差,恰好弥补了李淳风制成的四游仪的不足。一行他向玄宗报告说:"黄道游仪,古有其术而无其器,昔人潜思,皆未能得。今令瓒所为,日道月交,皆自然契合,于推步尤要,请更铸以铜铁。"唐玄宗立即批准了并派僧一行和梁令瓒主持。

圆圆:原来是这样。

小胖:那我呢?

知道先生:你是大师的书童。

小胖:好吧。

【僧一行推门而入】

僧一行:梁待诏,久等。

圆圆:一行大师你好,水运浑天仪发明出来了,那么您下一步准备做什么呢?

僧一行:对于如何测量大地这个问题,不知待诏有何高见?

圆圆:(和小胖对视)全听大师安排。

僧一行:那还麻烦梁待诏和诸位一道帮助我,一道进行测量。

小胖:没问题!

僧一行:请。

【换景】

【工作人员拿出沙盘、地图、标记等物品,此刻可以有多名工作人员参与,扮演唐代的市民】

【圆圆、小胖换装,拿着锣出现,变成现场指挥,另一个工作人员出来贴告示】

知道先生:各位亲朋好友今天聚在这里啊,真是万分荣幸!大家正在见证一场伟大的测量工作!这是一场波及全国的天文大地测量工作。具体的工作计划还需要总负责人——一行大师来说。

【一行出现，站在高台上】

僧一行：一行在此谢过各位乡亲父老了。咱们的准备工作要分两个方面进行：首先要根据太史监里的专家们的反复研究选定观测地点。

小胖：对对对，咱们大唐空前辽阔的疆域，为这次的工作提供了极其有利的条件。

圆圆：我们要用实地测量的办法来验证，古人"南北千里，影差一寸"的说法是有问题的。

僧一行：这么说的前提是需要依靠取得推算历法的必需的可靠数据。选点的条件是：第一，尽可能在南北方向上展开，距离拉得越远越好；第二，尽可能地利用设有观测台的地方，充分利用原有设备，如圭表、刻漏等，以节省经费开支。

小胖：地点我们已经选出，需要各位出来认领，然后奔赴前线进行测量。

【工作人员配合知晓，拿出所需道具】

圆圆：挑选人员条件。第一，身强体健，头脑灵敏；第二，工作吃苦耐劳，细致认真，一丝不苟；第三，有观测实际经验，操作能力较强者优先。有意向者现在可以开始报名。

【此刻可以让小朋友展示与科学相关的特长】

僧一行：我还从秘书监、太学里挑选了几位精明强干、有天文历算知识的年轻人补充进来，组成了一个庞大而又精干的观测队伍。根据研究的结果，最后决定：最北点放在安北都护府所辖的铁勒（今俄罗斯贝加尔湖附近，约北纬50度处），最南点确定在林邑国（今越南中部，约北纬17度处）。以洛阳为中心，往南各点依次是阳城（河南登封告城镇）、许州扶沟（河南扶沟）、蔡州上蔡（河南上蔡）、襄州（湖北襄阳）、朗州武陵（湖南常德）、安南都护府（越南北部）、一直到林邑。往北各点依次是汴州浚仪（河南开封）、滑州白马（河南滑县）、太原府（山西太原）、蔚州横野军（河北蔚县），一直到铁勒。

【一行说的过程中开始分发地标，把小朋友带去不同的位置】

僧一行：各位参与观测的朋友们，任何人做任何事，只有当他懂得他所做事情意义重大时，才会充分发挥自己的聪明才智，全力以赴。

【待大家都到位置以后，圆圆敲锣，所有人员全部立正站好，听着僧一行指挥】

僧一行：现在我和大家确定一下各自的位置，（僧一行开始叫地标，大家挥旗示意）很好，全员到位。想必大家也知道前人在夏至那天中午，同时用八尺高的表杆测量南、北两地，如果日影长度相差一寸，则南、北两地必定相距一千里。所谓"凡日影于地，千里而差一寸"。但经过我反复推论研究，此论断大有问题。隋代大天文学家刘焯就曾对此表示怀疑，并建议朝廷支持他搞一次全国性天文大地测量以解决这一问题，但时逢乱世，得不到支持，此事就此搁置。一百多年了，吾侪有幸，生当盛世，天子圣明，朝廷全力支持吾等进行这次史无前例的天文大地测量，还望众位鼎力相助，让吾等彻底解决这千年疑案！

【僧一行示意敲锣声再次响起，大家如火如荼地投入到了研究当中】

【在一行的指挥下，观测有条不紊地进行着】

【僧一行站在中原地区的地标上面】

僧一行：在中原地区选的这四个点，从图上看基本上在南北的一条线上，而且地处平原，各观测点间的距离可以用测绳量出来，这是别的地方做不到的。为解决距离与影长之间的关系问题并提出扎实可靠的数据，由我来测量。

【派到全国南北各地去观测的小朋友先后投入工作。临行前，一行又一一交代，测量取得的数据资料，必须一式两份，装入竹筒，以蜡封口，分别由两人随身携带，有备无患。小

朋友在演员们的指导下工作着】

僧一行：大家莫耽误了时辰，一定要对精确度锱铢必较。

圆圆：（小声地说）这也太麻烦了。要是能上网查查就好了。（圆圆偷偷溜到一旁查起来）

小胖：我的点定好了，圆圆你的呢？（发现圆圆不见了）

工作人员：怎么了？

小胖：请问看到梁待诏了吗？

工作人员：他没有跟你在一起吗？

僧一行：太阳的观测点马上就要到了，大家做好准备。

小胖：（急出汗了）怎么办啊，圆圆还是不在？

圆圆：（在另一个角落）这怎么没有信号啊！

僧一行：到达记录点了，大家赶快记录数据！

小胖：等下！我们这里还有一个标没有定好。

圆圆：大家别着急，我在查百度，很快就把数据都给大家了。

僧一行：吉时已过，大家可以来我这里总结数据了。

小胖：啊？可我们没有记录上。

圆圆：啊！对不起，对不起，我以为可以搜到，等数据简直太麻烦了。

知道先生：哎。这次大家的记录工作算是白做了，数据缺少一个满盘皆输，所有人的努力都白费了。

小胖：拜托，咱们在古代，哪有网啊？都怪你。

圆圆：哪能都怪我啊，我是待诏，我也是想让大家不那么累，还能尽快得到数据啊。

僧一行：没关系，这次失败就当作是积累经验了。我们还有时间。

小胖：（难过）花了那么多时间，跑了那么多地方，就为了那么几个数据。值得吗？

知道先生：别看这仅仅只是几个数字，这可是凝结了多少代人一生的奋斗啊。

圆圆：那这样辛劳的意义是什么呢？（知道先生笑而不语）

小胖：他的意思是，你先把手底的事情做好，到时候就知道了。

圆圆：哎，要是这个时代有网络就好了。

【音乐起】

旁白（配合着大家的测量）：开元十二年（724年），中国历史上的一次空前的、大规模的天文大地科学测量活动全面展开了。春分以前，各个点的工作人员纷纷到位。他们带去一行设计的新的观测工具——覆矩，当地的圭表、刻漏也都修整一新，反复检验无误。南宫说先到阳城察看重修"周公测景台"的工程，八尺石柱高表巍然矗立，圭座水平，周边一尺五寸，不爽毫发，十分满意。然后将自己的人马分成四个分队，分赴滑县、浚仪、扶沟、上蔡。由北向南一字展开。

【在旁白中搜集完资料，众人回到严华寺】

小胖：终于结束了。

圆圆：这回数据都齐吧。

僧一行：都齐了。

圆圆：没想到大家为了科学，付出了这么多。

僧一行：辛苦都是值得的，除了各地都应完成的观测任务外，还完成了从滑县到上蔡几百里的地面水平直线距离的测量。

小胖：整整一年多时间，十二个观测点，这么多的资料怎么整理？从何着手？

僧一行：我们先列出表，比如：暑长、出地高度、太阳的行度、月亮的行度、恒星位置、五星行度表等等。每一份资料、每一个细节，咱们都不能放过。

小胖：太不容易了！

知道先生：是啊，正是因为一行大师的严谨和对科学一丝不苟的态度，我们才能看到现在的水运浑天仪。

圆圆：是啊，原来小胖说得对，只有实践才能真正地接近真理。之前,都怪我,让大家错过阳光刚好直射的最佳观测点,让大家努力白费,给大家拖后腿了。

小胖:知道错就好,你知道当时我有多绝望!

圆圆:(有点儿不好意思)我刚来的时候还在想,不就为了几个数据吗,查查不就行了。后来才反应过来我们是在古代,古代不能用手机。

小胖:哪有这么容易就能获得答案的!

圆圆:我原本以为只要当我们遇到问题,在电脑上就能轻易地能得到答案,现在才发现,我们得到的便利都是前人夜以继日、兢兢业业研究、勘探的成果。

小胖:只有实践了,我们才真正发现过程的辛苦和资料的来之不易。

圆圆:之前,你马虎的事情,不怪你了。我也有错,这次,还是谢谢你一直在提醒我。

小胖:没事,这一路上,因为我的粗心马虎的毛病给大家造成了不小的困扰,我意识到了问题,我以后也一定会加以改正,让大家看到一个细心的小胖。而且,我们毕竟是好朋友嘛。

圆圆:没错,我们是朋友!

知道先生:既然冒险家们真正地明白了地球方圆的秘密,那我的任务也圆满成了。希望大家永远铭记着科学探索的严谨精神,将来也像麦哲伦和僧一行一样,通过自己的实践探索,为科学事业做出自己的贡献。真理探索器地球环游记,大家顺利通关!

圆圆:太好了,我们可以回家了。

小胖:我可想吃妈妈做的鸡腿了。

知道先生:我也该回家了。

圆圆:是氐宿吗?

知道先生:没错,大家可别忘了,我可是来自于星星的啊。

【音乐结束,收光】

第四场

【画外音：这是一个关于航海的故事。音乐起】

【起定点光，以下一段用手偶来演出】

手偶甲：从前，在大海上有一座孤舟，上面有个老人一直在寻找着地球的真相。可是人们并不相信有真相的存在，老人决定孤注一掷，前往未知的海域，将真相带回到大家的面前。

手偶乙：在这一路上，老人经历了狂风暴雨，饥寒交迫，可他从来没有放弃过内心的希望和寻找真理的勇气。

手偶甲：狂风撼动，桅杆吱吱作响。

手偶乙：风雨呼啸而过，一片崭新的清澈海洋出现在老人眼前。

小胖：（从偶剧中站起，变回自己的状态）这片海洋，就是我们的太平洋。

圆圆：老人给予了这片希望的海洋——太平洋这个名字。

小胖：这就是麦哲伦的冒险故事，也是我们的故事。

圆圆：这就是我们的实践作业——地球环游记。在这份作业中，我们将向大家展示了地圆学说的理论。

小胖：没错，为了这次演讲，我可练习了一整晚呢，现在，我要开始了。咳咳，同学们、老师们大家好，我演讲的题目是——地球环游记。在我们广袤的星球上，人类的文明不断繁衍生息……

【声音减弱】

圆圆：就这样，我们回到了课堂，回到了正常的生活中来。但是我们从来没有忘记知道先生带我们做的一个个有趣的实验、遇到的可爱可敬的科学家们，还有坚不可摧的友谊！不断探索的科学精神一路指引着我们，流淌在我们的血脉中，让我们相信科学的力量，相信实践的力量。

【起主题曲音乐，全体演员上台，一起跳，一起唱，愉快谢幕】

JOJO 奇遇记

  外星人 JOJO 和他的机器宠物 TATA 驾驶着宇宙飞船行驶在太空中，JOJO 是一名星际小学者，这次的考察任务是太阳系的 M 星球，在行驶到地球附近时，因为受到地球引力的作用，飞船的动力系统发生故障，被迫降落到了地球……

  JOJO：TATA，咱们的飞船好像发生故障了。动力系统不能正常工作了！（此时的 JOJO 正处在地球上方）

  TATA：TATA……TATA。

  JOJO：不好了，飞船不受控制了，我们要坠落了！啊……（JOJO 的飞船坠落在了地球上的一个大平原上）

  TATA：TATA……TATA。

  JOJO：哎哟，好痛啊……TATA，咱们这是在哪儿？快检查一下飞船。

  TATA：TATA……TATA！

  JOJO：什么？动力装置不见了，那可怎么办啊？没有动力装置我们就没办法继续出发了。

  JOJO：TATA，我们快去找找吧。

  JOJO——JOJO 是星际小学者，和机器人 TATA 被迫来到了地球上并完成了考察任务。

  龙卷风——调皮、多动，有着酷酷的外形，喜欢飞来飞去，爱搞恶作剧。

  彩虹——温柔、漂亮，法器是三棱镜，随时随地给自己补色。

雪崩——这个大块头平静时憨态可掬，爆发时就变成了可怕的雪崩……

极光：性格孤傲，十分高冷。

旋涡：忧郁、神秘，不爱说话。

第一场

【此时的JOJO和TATA两人正在大平原上寻找着动力装置，平原上突然间狂风大作】

JOJO：TATA，我们一定要找到动力装置，不然就完不成考察作业了，继续找吧。

TATA：TATA。

JOJO：别担心，我们一定能够找到的。哎呀，怎么风越来越大了，我都快被吹走了！

【龙卷风上场】

龙卷风：这是谁啊，敢挡着我的路？信不信我把你吹走啊？

JOJO：你好，我叫JOJO，是一名星际小学者。

龙卷风：你好，我叫龙卷风，是一种自然现象。

JOJO：龙卷风？那这个风是不是你控制的？

龙卷风：没错，就是我，我可以控制风的大小，我想变大就变大，想变小就变小，怎么样，我厉害吧！

【龙卷风开始展示自己的本领，一阵大风把JOJO吹倒在地，然后又把风变小】

JOJO：你可真厉害！你是怎么做到的呢？

龙卷风：在空气对流剧烈的情况下，地面附近的热空气上升，高空冷空气下降，两股力量相互冲突，纠缠在一起不断旋转。剧烈旋转的气流会把周围的空气不断地吸进去，越转越大，我就是这么产生的。

JOJO：噢，原来是这个样子啊，这可真有趣，TATA，你要把这个记录下来。

TATA：TATA……TATA。

龙卷风：你是从哪里来的？看起来不像地球人啊？

JOJO：我本来是要到另一个星球完成我的考察任务，可是我的飞船出现了故障，动力装置丢失了，我和TATA正在找呢。

龙卷风：原来是这样，我帮你们一起找吧，我的速度很快！

JOJO：太好了！可是你跑得这么快，我们怎么追得上你呢？

龙卷风：没关系，看我的！

第二场

【在龙卷风带着JOJO和TATA寻找动力装置的过程中，天气变得很不好，下起了大雨】

JOJO：怎么突然之间下起雨来了？我都快淋成落汤鸡了！

TATA：TATA。

龙卷风：（龙卷风有些尴尬）这是因为刚才我们路过了一片湖泊，我把水都卷到了天上，这些水又掉下来，就形成了大雨。

JOJO：龙卷风！我可被你害惨啦！

TATA：TATA……TATA！

龙卷风：对不起，我不是故意的。

【雨声渐弱】

【大雨慢慢地停了，太阳出来了】

JOJO：雨停了，太阳出来了。那我们继续走吧，去寻找丢失的动力装置。

【屏幕上出现彩虹】

龙卷风：那是彩虹，我们去问问她吧。

龙卷风：彩虹！彩虹！

【彩虹上场】

彩虹：是谁在叫我？

龙卷风：是我，龙卷风。

彩虹：原来是你啊。龙卷风你怎么会来找我呢？

龙卷风：我在帮JOJO一起找东西呢。

JOJO：你好，彩虹，我是JOJO，是一名星际小学者，你可真漂亮。

彩虹：谢谢你。

JOJO：彩虹，你为什么有这么多种颜色？

龙卷风：我知道。是因为阳光照射到空中的水珠，光产生了折射和反射，形成七彩的光谱。

JOJO：（似懂非懂）噢～是这样啊。

彩虹：JOJO，你什么东西不见了？

JOJO：我飞船上的动力装置丢了，是一个黑色的金属球，彩虹你看见了吗？

彩虹：我没有看到。不过我们可以去找雪崩问问，他或许会知道在哪儿。

龙卷风：我们现在就走吧！

第三场

【龙卷风带着JOJO、TATA、彩虹来到了一座雪山上,四周白茫茫的,温度特别的低,JOJO直打哆嗦】

JOJO：龙卷风,咱们这是来到了什么地方？怎么这么冷啊？

龙卷风：我们来到了一座大雪山,在这儿可以找到雪崩。

彩虹：是的,雪崩平常是不会出来的,他总是在睡觉。

JOJO：可是我们怎么样才能把他叫出来呢？

龙卷风：我们可以一起大声叫"雪崩",把他吵醒。

JOJO：好啊。那我们一起叫吧,小朋友们,咱们一起把雪崩大声喊出来吧。

彩虹：(试图制止)不！

【众人一起叫雪崩,叫了几声之后,远处果然出现了轰隆隆的声响,原本平静的雪山变得热闹了起来】

【雪崩上场,轰隆隆的声效渐弱】

【龙卷风和彩虹把差点儿被埋住的JOJO拉出来,JOJO非常害怕,做出瑟瑟发抖的样子】

彩虹：JOJO你别害怕,雪崩只会发生在雪山上,平时还是很安静的,一直在睡觉。我们待在积雪很厚的坡上,刚才我们声音太大,大量的积雪受到震动,从山坡上高速滑下,形成了威力巨大的雪崩。

雪崩：这是谁啊,打扰我睡觉？

龙卷风：是我是我,龙卷风,还有彩虹。

JOJO：你好,雪崩,我是外星小学者JOJO,正在找丢失的动力装置,你的威力那么大,能帮我找找吗？

雪崩：是一个什么样子的东西？

TATA：TATA……TATA。

雪崩：他在说什么？

JOJO：他说是一个黑色的金属球。

雪崩：你们让我想一想啊……我还真没有见过，不过我们可以去问问旋涡，他住在海上，说不定会知道。

龙卷风：旋涡？旋涡可是我的好兄弟，我带你们去。

【龙卷风音效。龙卷风刚把众人带起来，突然之间所有人都被摔了下来，大家一片惨叫。】

JOJO：哎哟。

龙卷风：对不起，我忘了多加了雪崩，再来！

【龙卷风又一次变大了，这下成功把所有人都带起来了，众人一起朝着大海出发了】

第四场

【此时的海面风平浪静】

龙卷风：我们到了！

彩虹：好啦，现在我们怎么才能找到旋涡呢？

龙卷风：看我的。

【龙卷风不断加大风力，原本风平浪静的海面顿时波涛汹涌起来，龙卷风所在的海面出现了一个特别大的旋涡】

JOJO：哎呀，我要被吹走啦。

TATA：TATA。

JOJO：TATA，快抱住我！

彩虹：我也要被吹走啦，救命啊！

雪崩：彩虹，JOJO，你们快来抓住我，这样就不会被吹走啦。

【此时的JOJO、TATA、彩虹都围在了雪崩的身边，抱成了一团】

【旋涡上场】

旋涡：龙卷风，怎么又是你，他们是谁啊？

龙卷风：兄弟，可算找到你了。

旋涡：你们好啊，雪崩，彩虹，你们怎么都抱在一起了？

彩虹：你还是问问龙卷风吧！

【龙卷风有些尴尬】

雪崩：旋涡，好久不见。这是JOJO，希望得到你的帮助，希望你能帮他找到丢失的动力装置。

JOJO：旋涡，你好。

旋涡：你别担心，我帮你找找海底有没有你要的东西。

【旋涡从海底吸出来了好多东西，有飞船的各种碎片，可就是没有动力装置】

JOJO：看来还是没有，我找不到动力装置就没办法回到我的星球了。

旋涡：JOJO，你别伤心，你详细告诉我，动力装置长什么样子，有什么特点吗？

JOJO：那是一个黑色的圆球，它拥有着特别大的磁场！

旋涡：说不定极光能帮你找到它。

【众人特别高兴，连忙让龙卷风带着大家出发去找极光】

彩虹：我们走吧。

第五场

【舞台上发出绿色或紫色的光，极光上场】

极光：彩虹，你怎么来了？

龙卷风：极光，我们是在帮 JOJO 找他弄丢的能量球。JOJO 我告诉你，这就是极光，我跟你说他是怎么形成的……

JOJO：久仰大名，极光，我知道你是带电粒子流与磁场的相互作用形成的，我在太空曾经见过你。

极光：JOJO。你还是挺厉害的嘛。我还是重新介绍一下自己吧。当太阳释放的高能等离子体粒子流，又叫太阳风，到达地球上空，与地球磁场相互作用，会引发出五光十色的光彩。而这种美景多出现在南北极，故而取名极光。

龙卷风：极光，你有看到那个能量球吗？

极光：那是什么样的东西？

TATA：TATA……TATA。

极光：额……他在说什么？

彩虹：让我来告诉你吧，那是一个黑色的球体，而且还有特别大的磁场。

极光：特别大的磁场？那我就来帮你找一找。

【过了一会儿，一阵声音】

极光：我找到了，在 JOJO 的飞船出现故障坠落的时候，动力装置被弹出，掉落在了一个球形的建筑里面。

众人：球形的建筑？那会是哪儿呢？

JOJO：TATA，快找找那是什么地方。

TATA：TATA！

JOJO：TATA 显示，那个圆形建筑是北京科学中心。

龙卷风：好，我们走！

第六场

【众人来到了北京科学中心】

JOJO：哇！这里可真漂亮！

龙卷风：快来看，这里还有我！

彩虹：这也有我。

雪崩：我在这儿呢。

极光：我在这儿。

龙卷风：兄弟，这是你！

彩虹：原来这里也有我们啊。小朋友们，想要和我们一起玩吗？来北京科学中心吧！

TATA：TATA！

JOJO：找到啦，找到啦！

【JOJO在一个角落里找到了动力装置，众人都围过去看】

彩虹：原来动力装置是这个啊。

JOJO：谢谢你们大家帮助我找到了飞船的动力装置，我已经让TATA把我的地球之旅记录了下来，作为我的星际考察作业。谢谢你们这些好朋友，让我有了一段奇异之旅。

旋涡：我们会想你和TATA的。

极光：期待和你们再次见面。

JOJO：我也会想你们的，再见。

【飞船音效】

众人：JOJO，再见！

不是"我"的错之奇妙的呼吸系统

《不是"我"的错之奇妙的呼吸系统》,是一部以北京科学中心展项为题材的科普剧,结合生命展馆——呼吸系统,以拟人化的呈现形式,将呼吸系统中各个器官进行介绍,让观众在观剧的同时,了解人体呼吸系统的科学知识。

《不是"我"的错之奇妙的呼吸系统》是一部三幕的科普小型舞台剧。以全球疫情为切入点,将展项进行了"复活",剧中有爱传闲话的"龙卷风",有知识丰富的"小科",有来自外星球的星际小学者 JOJO 和深受小朋友们喜欢的机器宠物 TATA,当然,也少不了"呼吸系统"中的有趣角色。

JOJO——星际小学者,使命感强,责任感强。热爱探究一切未知的奥秘。

TATA——是 JOJO 学习的好伴侣,拥有强大的数据处理器,是超级智能机器人。

龙卷风——是北京科学中心的科普展项,在生存馆中,是小朋友最喜欢的展项之一。他活泼好动,热情,善良。每到闭馆之后,他便是科技场馆里的"焦点"。

小科——是北京科学中心智能解说员、科普吉祥物,拥有超级知识储备。他谦虚,斯文,缜密,谨慎,有耐心。科技场馆的小朋友都喜欢向他请教问题。

鼻子——属于呼吸系统,是保护人类健康的大门。每当人们生病,遭受呼吸道病毒袭击时,鼻子永远是最先受到感染的。由于特别敏感，容易被误解，人类对它总是百般挑剔。

咽喉——属于呼吸系统，是人们呼吸时气体的出入通道。容易被人忽略，但又是很关键的器官。胆小，温顺，不爱展示自己，默默承担人类对它的误解。

气管/支气管——属于呼吸系统，会提醒病毒入侵，拥有极强责任感且是非常重要的器官。组织协调能力强，爱说话，遇到危险会发出警报、警示等。

肺——属于呼吸系统，是呼吸系统最重要的组成部分。谦和，恭顺，不爱与人起冲突，和事佬，老好人。左肺、右肺同时出现，拥有"大哥"导师范儿，幽默。

保镖——是由肌肉和肋骨组成的，防止外力的伤害，保护肺的安全。

第一场·关于流言

【JOJO驾驶着飞船，离地球越来越近，地球上的美景渐渐呈现在眼前。TATA开心地手舞足蹈，可是细心的JOJO发现，原来拥挤的交通不见了，喧闹的城市一片安静……连科技场馆都看不见小朋友们的身影】

JOJO：偌大的科学中心，怎么空无一人？

【TATA指着不远处，开心得手舞足蹈】

龙卷风：哈哈哈哈，JOJO、TATA你们怎么来了？

JOJO：哇，龙卷风，你这身上怎么了？臭气熏天，好臭啊！

TATA：（捏着鼻子）TATA！

龙卷风：JOJO，这你就不知道了吧！这是幸福的味道。我给

不是"我"的错之奇妙的呼吸系统

你普及一下,大蒜是病毒的克星,多吃蒜能预防新冠病毒,还有……既然酒精能够消灭病毒,那么喝酒也可以消灭病毒。所以,最新抗病毒方法是就喝酒就大蒜!

JOJO:停,不要传播谣言!现在新冠病毒造成人类大面积地感染和疫情传播,这到底是怎么回事?

龙卷风:我跟你说,肯定是呼吸系统偷懒了!

JOJO:呼吸系统?

龙卷风:话不多说!走,我现在就带你过去。

第二场·找寻真相

【科学中心的生命场馆,呼吸系统的各个器官、心脏、肝脏、肾脏还有细胞们都围在科学中心的吉祥物小科旁边,激烈地讨论着】

龙卷风:嘿,你看他们在这吵起来了!一定是呼吸系统偷懒了,它擅离职守,不好好工作!

集体:龙卷风,你又在造谣,胡说八道,搬弄是非。

龙卷风:我怎么造谣了?看看,这红鼻头,多委屈,你们自己起内讧,还怪上我了?

龙卷风:JOJO,我给你介绍一下啊,这是鼻子、肺……

集体:不用你介绍!

小科:龙卷风,这位是谁?

龙卷风:这是我的好朋友,JOJO和TATA,来自外星球。

JOJO:很高兴认识你们,我是JOJO,TATA是我的智能小助手。

小科:一会儿再跟你算账。

龙卷风：这次的疫情就是关于呼吸系统的传染病，肯定跟你们脱离不了干系。

JOJO：龙卷风，我想和大家认识一下，请你给我介绍一下大家吧。

小科：还是我来介绍吧。你好JOJO，我科技馆的展项代言人，叫小科。它们是人类的身体器官，鼻子、咽、喉、气管、支气管和肺……

【鼻子在一旁打了一个大大的喷嚏，湿答答的TATA满脸尴尬，大家笑作一团】

TATA：TATA。

鼻子：（委屈得快要哭出来了）不，都怪我……太敏感了。

龙卷风：（大笑）我看就应该把你鼻子的毛都给剪掉。

【TATA疑惑又好奇地看着鼻子的鼻毛，觉得非常有趣】

小科：龙卷风，可别误导TATA。其实，鼻子敏感是为了保护人类的健康。（继续说道）你们看，鼻子里面叫作鼻腔，鼻腔的前端长了鼻毛，鼻毛会过滤掉空气里大部分的灰尘和杂质。鼻腔里面还有很多黏液，可以把空气中一小部分的灰尘、细菌统统粘在上面，使吸入体内的空气变得更干净。

鼻子：我的重要性还远不止这些，我是空气进入人体的第一道屏障，我能够让空气变得湿润而又温暖，还负责人类五感之一的嗅觉。我的嗅觉感受器能够识别空气里的气味分子，使人们能闻到各种各样的味道。

【龙卷风拿起香水瓶，喷向大家，看看鼻子是不是可以闻到香香的味道】

JOJO：哇，看来你真的很重要！你是呼吸系统的第一道大门，真敬业。听说呼吸系统是一个大的家族，你的其他伙伴呢？

鼻子：你说的是咽喉吧。

小科：咽喉大家知道是什么吗？这就是咽和喉，咽是食物和空气的共同通道，呼吸空气、吞咽食物，都要经过这里。咽的上方连接着鼻腔和口腔，下方连接着喉。咽部有很多肌肉组织，主要用来协助食物的吞咽。

【龙卷风拿着棉签追着咽喉做核酸检测，支气管制止，TATA 拿着蒲公英、柳枝等跟着满场乱跑】

咽喉：我可求求你了，龙卷风。能不能离我远点儿？

龙卷风：我怎么你了？我给你做个核酸检测，证明你的"清白"！

【鼻子打着喷嚏，咽喉不停地咳嗽，支气管急得变了脸】

龙卷风：哎哟，你们这都怎么了？

咽喉：你……你……都是你干的！

小科：你们这次别冤枉龙卷风，刚才 TATA 手里拿的这些花花草草，他这一跑，把这些粉尘都带了出来，所以才会把鼻子、气管弄得很难受，咽喉由于异物的闯入，才会不停地咳嗽。

龙卷风：TATA，害得我总是被大家误解。

【TATA 有点不好意思】

【咽喉抚摸 TATA 的头】

龙卷风：哎，我就不明白了，粉尘从鼻孔吸入，然后关咽喉啥事？

小科：我跟你说，你可别小看咽喉，咽喉的作用可大着呢，喉咙里还有声带，人的声音主要由声带发出，气流通过声带，声带就会振动发出声音。很多配音员和节目主持人都是咽喉控制的高手。

JOJO：哇，原来咽喉的作用这么大啊！

咽喉：谢谢小科，这是我的职责。其实气管的作用也很重要呢！他能够把沾满了灰尘和病毒的黏液咳出体外，有效防止有害物质的入侵。

气管：连接咽喉和肺的就是我——气管。我可不是普通的"吸管"，是一条由软骨环和平滑肌组成的管道，吸入的空气通过咽喉和气管才能到我这儿来。气管内壁的黏膜可以吸附空气中的杂质和灰尘，湿润气体。

JOJO：那你是怎么阻止这些有害物质的呢？

气管：我的内壁上还有很多纤毛，它们把黏膜上的黏液不断地推向咽喉的方向，这样就可以把沾满了灰尘和病毒的黏液咳出体外。

小科：你们看，这就是气管内壁，它有很多的黏液，它的黏液不仅有抗菌、抗病毒的作用，还有很多免疫蛋白。你们再看，气管就像大路，支气管就像大路旁的小路。干净、湿润的空气就从支气管流进左、右两个肺。

大家：肺哪儿去了，肺呢？

肺：大家好！

保镖：躲开，真是没心没肺。

肺：咳咳咳！

龙卷风：他家这肺，可真够排场的，出门还带保镖。

小科：这保镖可来头不小，它们是支撑肺部进行呼吸这个动作的动力来源，并保护着肺部的安全，由肋骨、肋间肌和横膈膜等组成。

【吸引大家注意力，肺不小心一个趔趄，吓坏了保镖】

JOJO：你是不是没有发育好？两边怎么看上去不一样？

小科：JOJO，你观察得很仔细。肺是人体获得氧气的地方。人们常说"没心没肺"，可见心和肺是在一起的。左边的肺比右边的少一叶，那其实是给心脏留出的空间。所以，肺的两边是不一样大的。

龙卷风：天呐，刚才是吸管，现在又来个保镖，我听得头都晕了。这人体的呼吸系统怎么这么复杂？

TATA：TATA。

龙卷风：TATA，咱们还是玩气球吧。

JOJO：TATA，你要好好学习。把我们这次的经历记录下来。

肺：那就拿手中的气球讲一讲我身上的肺泡吧。假设气球就是一个肺泡，大家可以看出一层薄薄的细胞构成的空腔小泡，被毛细血管紧密地包裹着，可以使气体分子能够快速通过肺泡，进入血管，以保持我们血液的新鲜。

第三场·健康从我做起

龙卷风：看来我真的是冤枉呼吸系统了，其实他们真的是尽职尽责。

小科：大家都是科技馆的展项，我们要把正确的科学知识告诉人们，这是我们的使命。

JOJO：我们让 TATA 来总结一下，应该如何做好防护工作。

集体：在学校做到勤洗手，教室通风；在医院做到不要随便触摸，戴好口罩，勤消毒；在饭馆注意排队纪律，注意人际距离，养成自带餐具的习惯，多吃熟食；在家里衣物勤换勤洗，保持通风，在门口区域换下外出的衣服，手机、钥匙等物品勤消毒，定期检查储存的食物和药品是否过期；在地铁（公共交通）不要吃东西，人群拥挤时戴上口罩；在公共场所打喷嚏时用手挡住，触碰门把手、电梯按钮等区域后及时给手消毒，不要经常摸脸部和嘴。

TATA：呼吸系统，为人类抵御病毒的入侵做出了很大的贡献。你们真棒！

TATA：TATA！

呼吸系统：JOJO，TATA！你们一定要把正确的知识带回星球！

【TATA（rap 各个呼吸系统器官）】

【TATA 的显示器亮了起来】

霏霏的城市冒险

第一场·小雨滴

【霏霏、亮亮、苗苗、晶晶朗诵《水滴准则》】

如果在云巅
为绿水青山歌唱
如果在江河
为华夏万物滋养
如果在雪山
护山林一片安宁
我与云巅为伴
化身成生命之滴
为绿水青山歌唱
我与江河为伴
化身成生命之滴
同华夏万物共舞
我与雪山为伴
化身成生命之滴
和神州大地共鸣

族长：孩子们，这段时间下去游历人间，大家感觉怎么样？
亮亮：族长，下去游历人间可好玩了，您快点儿让我先汇报吧。
族长：看来亮亮这次收获很多，那你先说说看。

亮亮：亲爱的族长，这次我去到了美丽的青海湖，湖泊姐姐让我代她向您问好，我看到她被一座座高山所环抱，周围是一片茫茫草原。最让我高兴的是她并没有受到污染，还是那么的清澈见底。在那里我壮大了水底生物们的家园，帮助湖泊姐姐完成了蓄水工作。您知道吗，我都舍不得回来，那里日出日落的景色是那么的迷人，充满了诗情画意，让我心旷神怡。在那里我认识了各种各样的水底生物——海豚、海星、珊瑚……

族长：亮亮，你做得非常好。知道青海湖没有受到污染我就放心了。

族长：那现在该到谁汇报了。

苗苗：报告族长！这一次我去了德国的黑森林，遇到了杉树爷爷，他向您以及水滴家族表示最诚挚的问候。族长您知道吗，我们这次去可帮了那里的大忙啊，正赶上这个春季，是万物复苏的时候，我们可真是一场及时雨啊。

族长：苗苗，你这次也完成得非常棒，有空我会去拜访一下杉树爷爷的。

苗苗：好的，族长。

族长：苗苗和亮亮都说完了，现在是不是该晶晶你了，我看你已经迫不及待了。

晶晶：我与雪山为伴时，化身成生命之滴……

亮亮：好了，好了，你可别贫了！你不说我们都知道，你这是又去找雪怪了吧？

晶晶：我这次可是认真工作了呢！我看见人们正在准备冬奥会，那场面可壮观了。一条条赛道蜿蜒曲折，感觉人类对这个活动充满了期待。噢！对了，我还看到了"冰墩墩"和"雪容融"！

大家："冰墩墩"？"雪容融"？那是什么？

晶晶：（得意解说道）"冰墩墩"是2022年北京冬奥会的吉祥物，代表着探索未来，创造非凡。"雪容融"是2022北京冬季

73

残奥会的吉祥物，寓意着点亮梦想，温暖世界！

族长：现在全球疫情形势严峻，要在严寒、疫情更为严峻的冬季，举办大型国际赛事对人们来说无疑是一个巨大的考验。但中国现在已经有了先进的医疗技术、全面完善的疫情防控政策，我相信一定会越来越好！到时候，我们一起去冬奥会看比赛！

族长：接下来该汇报城市了，这次是谁负责城市的呀？

霏霏：报告族长，是多多，但是多多……多多她不见了。

族长：不见了？你们有没有人看见多多？

霏霏：对啊，你们谁看见多多了，以前她每次回来，定要第一个来找我，拉着我说东说西，分享她游历人间的趣事。

苗苗：我说今天怎么变得这么安静了呢！

晶晶：对呀，多多呢？

霏霏：族长，请让我下去找多多吧。

族长：（沉默）这样吧，亮亮你经验丰富，我派你们两个下去寻找多多，安全地把多多带回来。

第二场·被污染

【社区里，一阵风刮过，霏霏和亮亮走散了】

霏霏：你好啊，小鸟……你看见多多了吗？

【霏霏追着小鸟不知不觉地来到了一座看起来很破旧的房子前，悬浮颗粒物在空中快乐地旋转跳跃，霏霏不小心被灰尘呛到了，下意识地躲闪了一下】

悬浮颗粒物：嗨！你长得真漂亮，你身上穿的衣服也好干净呀！

霏霏：（尴尬而不失礼貌地微笑）你看起来好轻盈呀！

悬浮颗粒物：我当然是轻盈的了，我可是灰尘，我包含着悬浮于大气中的固体和液体颗粒状物质。我的威力大着呢。

霏霏：（上下打量）但是你看起来脏兮兮的。

悬浮颗粒物：我不脏，你看。

霏霏：（咳嗽着）你离我远点儿，我不喜欢你。

悬浮颗粒物：切，你不喜欢我，我还看不上你呢。让你见识见识灰尘的威力。

【悬浮颗粒物一个响指，众多灰尘纷纷向霏霏飘来】

悬浮颗粒物：兄弟们，上。

【霏霏慌忙逃跑，但是四面八方的灰尘已经将霏霏团团围住，霏霏寡不敌众】

霏霏：（挣扎着）走开，都别碰我！离我远点儿！

【霏霏身上沾上了灰尘。远处传来汽车鸣笛的声音】

悬浮颗粒物：兄弟们，快撤！

霏霏：（伤心、郁闷）咳咳……这些讨厌鬼，终于走了，多多，你在哪儿？

【整理衣服，发现自己身上没那么干净了】

重金属：

yo yo 我是重金属 yo yo

我是金属，但是我比我的同类重

不是重量而是密度，所以他们没我酷

我的能力强，所以我能独占鳌头

而且只要我想，我可以占领地球

朋友你好，第一次见到你

希望和你认识，不去讲什么大道理

我认识很多朋友，有废气和污水

所以快来加入我们，别成为那异类

【霏霏继续往前走】

重金属：hey！

霏霏：你干吗？

重金属：我是没事玩着嘻哈，梦想要当 C 咖的金 rapper。

霏霏：(小声嘟囔)它真奇怪，我还是赶紧离开吧。

重金属：hi，小姑娘，看你一个人脏兮兮的，是不是有人欺负你了？

霏霏：刚才有一大波灰尘围着我。

重金属：什么，灰尘？就他？他把你怎么了？

霏霏：我身上沾上了灰尘，我想把它弄掉，但是怎么都弄不掉。

重金属：哎，简单，我这有一个妙招，可以帮你。

霏霏：真的吗？真的吗？是什么？真的有那么神奇吗？

重金属：(掏出两串金手链)就是这个神奇的东西。

霏霏：嗯？它……它真的行吗？

重金属：(举起金手链)你看。

霏霏：哇，真的有灰尘被吸在上面，这也太神奇了吧！

重金属：哎，区区小事，不值一提。

霏霏：那可以给我一串吗？

重金属：可以，看你那么想要，我也非常大方，送你拿走戴上。

【霏霏被迫接过手链】

重金属：汽车排气筒，那是我的家，随时欢迎你。

【重金属说完上车离开】

霏霏：(试着擦掉脏东西)好奇怪，为什么这些灰尘还在？怎么弄不下来？

霏霏：哎？重金属刚才怎么说话来着？

yoyo 我是霏霏

重金属快赐予我力量

灰尘灰尘快点儿 go away

霏霏：别说，这金手链还挺好看的！

【不远处，有机物正在庆贺他们换了新房子。】

有机物：自从实行垃圾分类，咱们换上新房子，这日子过得真舒坦。

小有机物：（手舞足蹈）真的非常开心。

有机物：来！让我们一起举杯喝起来，为了我们更好的明天，为了……

【霏霏打断】

霏霏：多多，多多……（走近发现许多小有机物）你们有谁看到了和我长得一样的小水滴？

小有机物们：没看见我们大哥正在说话吗？

有机物：五湖四海，来的都是兄弟，香蕉、苹果、瓜子仁端上来。

霏霏：谢谢你们的好意，但是你们这些……嗯……看上去很奇怪的香蕉、苹果，还是你们自己慢慢享用吧！

有机物：别急着走呀！你看，我们这里什么都不缺，好吃好喝还有好玩的，想要什么，告诉我。不用客气！

【霏霏没有进行自我介绍，说出自己的名字】

霏霏：谢谢你有机物，不用麻烦了。我还要找多多，返回到天上。

有机物：你要找的多多，我没有看到，我们交个朋友，路途还很遥远，我送你点儿吃的、喝的、玩的……真的，别跟我客气。

霏霏：（尴尬）谢谢你们，再见！

有机物：一路顺风！祝你早日找到你的伙伴！

【有机物们继续狂欢】

第三场：梦醒了

【旁白（画外音）：霏霏累得睡着了，在梦中，霏霏梦见了螭首爷爷。螭首爷爷是故宫排水系统的组成部分，在故宫三大殿高台上有 1142 个螭首家族成员，它们除了具有装饰作用，雨天还可作为排水口，排出高台上面的雨水。在天降大雨时，无数的小水滴汇聚到这里，便会出现千龙喷水的壮观景象】

螭首：甚哉，水之为利害也。

霏霏：你是谁？

螭首：孩子，我是螭首爷爷。

霏霏：螭首爷爷，您在念什么呢？这是哪里？

螭首：这是黄河，它让我想起大禹治水的故事。从上古的大禹到汉朝的汉武帝，曾经有过很多治水的传说。人类为了自身的生存与发展，采取各种措施，对自然界的水和水域进行控制和调配，以防治水旱灾害。

霏霏：大禹是谁？他是怎么治理水患的呢？

螭首：（捋着胡子）大禹是上古时期一位贤明的君王，他最大的功绩就是治理洪水。因为水往低处流，他认为治水宜疏不宜堵，应该把洪水引导到河道里。

大禹一生与水交融，他作为部落首领，告别家人，开始疏通河道，用整整十三年的时间治理了水患，这是《史记》记载的人类最早的治水故事。

霏霏：大禹真是一位了不起的人物。

螭首：（欣慰地点点头，接着说道）我带你去见识另一位治水英雄。

【结合多媒体】

霏霏：这又是哪里？看起来土地肥沃，人们生活富足。

螭首：这是青城山下的成都平原，有"天府之国"的美称。正是因为都江堰这个水利工程，才让这个地方一千多年来都风调雨顺。

霏霏：这么厉害，是谁修建的？

螭首：这是战国时期的蜀郡太守李冰修建的。当年蜀郡地势低洼，常遭水患。他带着民众凿山引水，灌溉田地，修建江心岛隔江逼水，开凿溢洪道泄洪排沙。耗费八年，才建成都江堰这一伟大的水利工程，至今都在发挥作用。

霏霏：人类因水而生，依水而居，引水灌溉，利用水运输，还建造了完善的排水系统，防洪排涝。

螭首：（欣慰的笑）孺子可教也，霏霏，说得对！这就是人类治水的思想——引、蓄、留、排。

螭首：水是万物的生命之源。有了它，人们可以保持身体健康；有了它，工厂可以正常运作；有了它，农作物可以受到灌溉；有了它，大地可以保持活力。它赋予了大自然无限的生命，让地球的万物变得生机勃勃。人们在治水的同时，也充分地利用了水资源，帮助了很多需要用水的人。比如为偏远缺水山区的村民们送去水，缓解了他们枯水期用水困难的窘境。比如在抗震救灾的时候，给受灾群众和救援人员送去水，向他们传递了温暖。

霏霏：原来，我们水滴家族有这么大的作用呀！

螭首：对呀，这下你明白为什么你们的族长编制《水滴准则》了吧。

【霏霏朗读《水滴准则》】

如果在云巅

为绿水青山歌唱

如果在江河

为华夏万物滋养

如果在雪山

护山林一片安宁
我与云巅为伴
化身成生命之滴
为绿水青山歌唱
我与江河为伴
化身成生命之滴
同华夏万物共舞
我与雪山为伴
化身成生命之滴
和神州大地共鸣

霏霏：明白了，水是万物之魂，族长编制《水滴准则》是为了让我们明白水对于大地万物的重要性。他让我们熟读准则，不仅是为了约束我们的行为，更是为了让我们牢记水的使命。让水更好地服务自然，与自然和谐共处。

螭首：（欣慰地笑着）去吧，多多在不远处等着你呢，去吧，孩子……

【螭首渐渐隐去】

霏霏：不远处？多多在哪儿等着我？螭首爷爷，螭首爷爷……

亮亮：霏霏，霏霏，快醒醒，你身上怎么这么脏啊？

霏霏：亮亮！你是怎么找到我的？你都不知道，我都经历了什么可怕的事情。对了，找到多多了吗？

亮亮：霏霏，我现在赶紧带你去清理清理，我一看你身上这些脏东西，我就知道你遇到了什么样的危险。

霏霏：我们要去哪儿？

亮亮：我现在带你一个地方，可以去掉你身上的脏东西。

【小区里的生物滞留区】

霏霏：我现在觉得我的身上干净多了，但是好像还有难闻的味道和细小的颗粒。

亮亮：走，去自来水厂，放心吧，在那里，你一定会被清理得干干净净的。

【霏霏焕然一新】

霏霏：太好了！身上奇奇怪怪的味道消失了。经过这次，我终于知道做一个干净的小水滴是一件多么幸福的事情。

多多：亮亮，霏霏，你们怎么也在这里？

霏霏：多多，我们终于找到你了。你知不知道，大家都很担心你呢。

亮亮：对啊，大家发现你没有按时回来，族长就派我和霏霏赶紧下来找你。

多多：原来你们是为了找我。对不起，我让你们担心了。不过我执行完任务以后就来这里待着了，并没有乱跑哦。

霏霏：哼，多多，快说你为什么没有按时回去。

多多：好了，霏霏，别生气，因为我发现人类建造了海绵城市。

霏霏：嗯，我知道了，之前经历的一切，应该就是"海绵城市"在发挥作用。我们要牢记水滴使命，努力实现我们的水滴价值，造福万物。

【舞台上传来众人朗读《水滴准则》的声音："如果在云巅，为绿水青山歌唱；如果在江河，为华夏万物滋养……"】

最后一株独叶草

保护珍稀植物科普，让孩子认识和了解植物方面的知识。

这是一部区别于国内绝大多数作品的原创科普儿童剧，从科普入手，依托科普动画《酷杰的科学之旅》动漫 IP 形象——酷杰、糊涂蔡和安娜，精心打造的原创科普儿童剧。通过动漫与舞台剧、科普与演出的结合，满足公众多样性、个性化获取科普知识的需求，健全科普动漫 IP 产业链，持续推进科普中国生态体系建设。

本剧主要讲述了随着人类生存空间的不断扩大，许多植物的生长地被侵占，一些本不被重视的植物濒临灭绝。本剧以"保护最后一株独叶草"为切入点，展现酷杰、糊涂蔡、疯狂安娜、灰兔等一群具有超能力少年为保护珍稀植物做出的努力和经历困难之后的成长，在去往奇境之林的途中，他们遇到了许多闻所未闻的珍稀植物——嘴唇花、望天树、冰激凌郁金香等等，并获得了它们的帮助，最终酷杰等人成功战胜了反派陈博士，成功守护住最后一株独叶草。

酷杰——年龄：8 岁。性别：男。爱好：科学。道具：腕表（微型电脑，能迅速扫描和分析物种）。酷杰有着超出自己年纪的冷静和睿智，同时又有些腼腆，腕表是他最好的搭档，只有精密的数据分析才能带给他安全感。百变是他的超能力，能够使他在各种危机情况下脱险，但是拥有这样的超能力也给他带来许多困扰。

糊涂蔡——年龄：7 岁。性别：男。爱好：吃吃吃。道具：平底锅。糊涂蔡是一个非常贪吃的男孩，他的心思大都放在如何去寻找好吃的上面，以致时常会犯许多没脑子的错误。

安娜（疯狂安娜）——年龄：6 岁。性别：女。爱好：玩玩玩。安娜是队伍里唯一的女孩，机智活泼，拥有着突破极限的速度，这也使她喜欢一切刺激的冒险。最初她并不能很好的控制自己的超能力，超能力和急脾气给她带来的更多的是麻烦，保护独叶草之旅对疯狂安娜来说，更像是一场成长之旅。

灰兔——年龄：7 岁。性别：女。超能力：顺风耳。灰兔是队伍里最沉默寡言的一个孩子，也许是她的超能力导致的。灰兔最有代表性的特征就是她的一对招风耳，可以帮她获得许多他人无法听见的声音。灰兔的世界仿佛要比别人嘈杂许多，但他却是最渴望安静的一个，因此灰兔最后决定留在静谧的奇境之林，成为独叶草的守护者。

赖明博士——年龄：50 岁。性别：男。致力于植物保护工作，和陈博士曾经是同学，成绩一直比陈优秀，遭到陈的忌妒。是一名理想主义的生物学家。

陈博士——年龄：50 岁。性别：男。陈博士，生物学博士，因受限于自身条件，于是想发明一个能够复制超能力的法宝，但是这项研究陷入瓶颈，直到最近他发现独叶草可以帮助他完成研究。于是，他打算前往奇境之林夺取最后一株独叶草，却没想到遇到了酷杰等人，并与他们展开了一场独叶草争夺战。

大头——一只名字叫大头的七星瓢虫，陈博士的坐骑和帮凶，陈博士的得意研究成果。本来是一只益虫，但因为陈博士而黑化。他有一个巨大而坚硬的壳，在关键时刻可以抵御极大的外力冲击，移动速度很慢。大头有自己的思想，他不愿意做坏事，但他无法改变自己为陈博士作恶的命运，最后被酷杰等人解救。

其他角色——嘴唇花、望天树、冰激凌郁金香、小叶子（独叶草）等。

第一场

【赖明博士的实验室。场灯渐亮,可以看到实验室的墙上挂着许多珍稀的植物标本。博士正在给酷杰、安娜和糊涂蔡上课,糊涂蔡面前放着一个平底锅,里面是各式各样的点心,他吃的不亦乐乎】

赖明博士:我们国家具有高等植物 35784 种,大约占全球总量的十分之一,而这些植物中,已经有 40 种涉及绝灭等级:

绒毛皂荚,现仅存两株。

独叶草,仅存一株。

百山祖冷杉,仅存三株。

中华古果,迄今最古老的被子植物,已灭绝。

日月潭羊耳蒜,我国台湾独有植物,已灭绝。

莱尼蕨,最早的原始陆生植物,已灭绝。

【赖明博士每念到一种植物,墙上照亮植物标本的灯便熄灭一盏,直至标本墙变暗】

糊涂蔡:为为为为为什么……植物们会灭绝?

赖明博士:植物灭绝的原因有很多,最核心的是,它们正在失去世世代代赖以生存的家园。

糊涂蔡:失去生存的家园?

赖明博士:由于人类的生存空间不断扩张,环境污染、能源枯竭,植物们的栖息地不断地被侵占。再加上气候的变化,植物们可以生存的地方就更少了。

酷杰:如果一直这样下去,总有一天地球上会没有植物的生存地的,就再也不会有漂亮的花、高大的树了。

糊涂蔡:也没有好吃的果子了!

安娜:你就知道吃!

【安娜的大嗓门吓糊涂蔡一跳,不小心把果冻整个吞了下

去，他被噎得说不出话，在地上疯狂打滚，口齿不清地大叫】

糊涂蔡：酷杰！博士！快救救我！

【酷杰把他拉起来，安娜急忙过去拍他的背，糊涂蔡好不容易缓过来，坐在地上喘气】

赖明博士：糊涂蔡，吃果冻要小心点啊。

糊涂蔡：果冻太滑了，我一仰头，它就顺着我的喉咙掉进去了。

酷杰：下次要小心一点儿。

安娜：都怪你太贪吃！快把你的锅收起来呀！

糊涂蔡：你不要小看这口锅，它可是有魔法的！

安娜：有什么魔法？

糊涂蔡：你有会飞的飞行器，我就有万能的平底锅！

安娜：哼！

酷杰：你们两个不要闹了，让博士把话说完。

赖明博士：我想说的是，有时候，植物们不仅失去了栖息地，还会遭到人为破坏。

安娜：谁在破坏植物？我要把他们统统抓起来！

赖明博士：为了自己的利益作恶的人太多了。

酷杰：您是说……陈博士？

【停顿】

安娜：陈博士是谁？

赖明博士：我们原本都在植物研究所里学习。后来出现了变故，陈博士的研究，不是为了更好地了解植物，而是要达到不可告人的目的。

糊涂蔡：什……什么目的？

赖明博士：据我所知，他想要发明一种药水，一种能迷惑人心的药水。

安娜：迷惑人心？

赖明博士：如果他发明成功了，他就可以随意操控任何人，完成任何想做的事。

酷杰：那岂不是会天下大乱？

赖明博士：所以我们要阻止他。他的研究也让一些植物濒临灭绝，这也是为什么我们把一些珍贵植物藏在奇境之林的原因。

酷杰：原来是这样啊。

安娜：那里是植物们最后的天堂了。

赖明博士：目前，没有人知道陈博士的研究的具体进展。况且，他身边还有一个帮手——大头瓢虫。

【酷杰在腕表上搜索大头瓢虫的信息，腕表却发出尖锐的叫声："输入错误，无法查询！输入错误，无法查询！"】

酷杰：为什么会这样？搜索不到大头瓢虫的信息。

赖明博士：大头瓢虫只是他的名字，他原本是一只七星瓢虫，但是被陈博士改造了。

【突然整个实验室响起了尖锐的警报声，危险的红光在不断闪烁】

糊涂蔡：什什什什什……什么情况？

赖明博士：不好，有人闯入研究所密室了！

第二场

【陈博士的研究室。试管和稀奇古怪的器械正在发出"咕嘟咕嘟"的气泡声，陈博士背对着舞台，满头凌乱的卷发，他正忙着进行神秘研究，嘴中还不时嘀咕两句。研究室门口趴在一只大瓢虫，他的名字叫大头，呼呼大睡，时不时扭动一下他庞大的身躯，忽然他的肚子咕噜噜地叫起来，然后放了一个响亮的屁，一下子把自己震醒。大头吓得翻了个身，却不想他背上圆圆的壳让他四脚朝天，怎么也翻不回来。这时，传来陈博士有点惊悚的笑声】

陈博士：哈哈哈哈！我成功了！我终于要成功了！哈哈哈哈！

【陈博士举着一个试管朝大头飞奔过去，他把大头翻了回来，兴奋地拍他坚硬的壳，摇晃手中的试管给他看】

陈博士：大头，你知道我为了这个花了多长时间吗？

【大头摇了摇头】

陈博士：你当然不知道。因为那时，你还是一只小小的、毫无用处的、只知道吃蚜虫的七星瓢虫，幸亏遇到了我。

大头：妈妈说我们七星瓢虫是益虫。

【陈博士打了他的头一下】

陈博士：你怎么那么多废话！我现在要告诉你，我——伟大的陈博士，很快，就要研究成功。让全世界都听我话，顺从我的圣水了！

【大头缩了缩身子，爬远了一点儿，陈博士却又靠过来】

陈博士：不过，现在离成功还差那么一小步，暂时缺少一样东西。

大头：什么东西？

陈博士：独叶草，它的心形叶片是最具迷惑人心功能的。有了它，我的圣水就大功告成了！大头，快跟我走，咱们得去拜访一下我的老同学了！

第三场

【赖明博士研究所的某处，警报器还在响，正对舞台的是一个大开的保险箱，里面什么也没有，灰兔晕倒在保险箱旁。赖明、酷杰、安娜和糊涂蔡匆匆跑上来，赖明看到保险箱里只剩一个空空的架子】

赖明博士：糟了！

【酷杰等人连忙扶起一旁的灰兔】

酷杰：灰兔！灰兔！

【灰兔转醒，看到了空空的保险箱，又被吓昏过去】

赖明博士：灰兔！到底怎么回事？

灰兔：地图……被……被大头瓢虫抢走了！

安娜：什么地图？

赖明博士：通往奇境之林的地图，那上面标注着最后一株独叶草的藏身之地。

糊涂蔡：完了完了完了完了完了！

酷杰：博士放心！我们一定会把地图追回来！

赖明博士：酷杰、安娜、糊涂蔡，要麻烦你们去一趟奇境之林了，一定要在陈博士之前找到独叶草，千万不能让他的诡计得逞！

酷杰、安娜、糊涂蔡：没问题！

灰兔：我……我也要去！是我没有看好独叶草……

赖明博士：灰兔，不必自责。不过，不过你对声音的敏感或许能够帮助酷杰他们。

【灰兔点点头，赖明博士从怀中取出一把钥匙，递给酷杰，酷杰顺手交给糊涂蔡保管】

赖明博士：这是能够打开独叶草藏身之处的钥匙，你们务必收好。

安娜：放心吧博士！我们一定能保护独叶草！

【安娜不等博士回话，拉着小伙伴们迅速跑走。糊涂蔡摔了一跤，身上掉下一堆乱七八糟的零食，他还没来得及捡，就被安娜揪着衣服带走了。博士准备离开时，看到糊涂蔡掉下的一堆东西里有自己刚刚交给他们的钥匙】

赖明博士：糟了！酷杰……钥匙！

第四场

【奇境之林。舞台后侧是一株株参天大树，前面的草丛中盛开着各种鲜艳的花，在阳光的照耀下，它们随着微风轻轻摆动。嘴唇花刚刚睡醒，伸了个懒腰露出了自己酷似人类嘴唇的花身】

嘴唇花：早上好呀！望天树！

【停顿】

嘴唇花：望天树！

【望天树这才打了个又长又响的哈欠，冰激凌郁金香也从草丛中探出身子】

冰激凌郁金香：吵死了！吵死了！吵死了！

【嘴唇花捂住自己的嘴唇，逃避郁金香的追打，两人绕着望天树你追我赶，嘴唇花的大嘴唇一头撞上望天树的树干，惹得望天树咯咯笑个不停】

冰激凌郁金香：我要去睡回笼觉了，嘴唇花！你再吵我就把你的花瓣揪下来！

【嘴唇花朝郁金香做鬼脸，望天树的笑声却变了】

望天树：嘴——唇——花！郁——金——香！

冰激凌郁金香：什么事！还让不让人睡觉！

望天树：有——人——来——了。

嘴唇花：谁呀？

望天树：这边有只大大的瓢虫，那边……是一群小小的孩子。

冰激凌郁金香：现在来奇境之林的一定不是什么好人，说不定还是冲着那些珍稀的植物来的！

嘴唇花：那怎么办？

冰激凌郁金香：望天树！快通知你的同伴们，把他们困在森林里，嘴唇花……

【嘴唇花凑到郁金香身边，两人秘密商量着什么，场灯渐暗】

【片刻后，场灯再次亮起，嘴唇花和冰激凌郁金香都不见了。舞台被灯光分成左右两个互不连通的表演区域，酷杰等人从左侧上。酷杰谨慎地走在最前面，绕着一株株望天树，查看着四周的情况。糊涂蔡一边走一边从口袋里掏出零食往嘴里塞，灰兔走在队伍的最后，被落下好大一截，糊涂蔡跑到逗她，掏出一个小棒棒糖，灰兔不感兴趣】

【随后，陈博士和大头瓢虫从舞台右侧上。大头闭着眼睛缓慢地爬行。大头偷偷打瞌睡。突然，陈博士抓住他的触角让他停下来】

陈博士：等一下！有些不对劲。

酷杰：我们刚刚好像来过这里。

陈博士：这里的树怎么都长得一样。

酷杰：这个地方和刚才那里为什么一样？

【陈博士和酷杰等人又各自绕着望天树走了几圈】

酷杰：怎么办？我分辨不清方向了。

陈博士：（掏出地图和指南针）这点儿小把戏还想骗过我？

酷杰：安娜！糊涂蔡！灰兔！我们迷路了！

陈博士：指南针可以告诉我一切！

酷杰：快想办法啊！

陈博士：大头，独叶草就在那个方位！

【陈博士在树的背后留下一个记号，随即带着大头瓢虫下场，舞台的界限也渐渐消失】

安娜：酷杰，先别急，我们可以联系一下赖明博士。

【酷杰用微型电脑给博士拨电话，结果电脑却发出刺耳的电流声："无法搜寻通信讯号，无法搜寻通信讯号"。嘴唇花听到声音，从草丛里偷偷探出身子】

嘴唇花：奇境之林，欢迎您的到来。

【糊涂蔡和灰兔被她奇异的外形吓得大叫，大胆的安娜却是凑了过去】

安娜：请问，你是什么植物？

【酷杰用电脑查出了嘴唇花的相关信息，电脑发出机械人声："嘴唇花，双子叶植物纲，茜草科，生于海拔350～1300米的阔叶林、山坡林、热带森中的灌丛】

灰兔：这里为什么会出现嘴唇花？

酷杰：这就是奇境之林特殊之处，任何植物在这里都可以生长。

嘴唇花：您好，请问有什么可以帮您？

灰兔：我们是来找独叶草的，可以告诉我们在哪儿吗？

嘴唇花：从这里下去直走，第一个岔口右转，第三个岔口左转，然后直走到尽头便是了。

安娜：太好了，谢谢你！

【酷杰却打开自己手臂上的微型电脑查阅片刻】

酷杰：第一个岔口右转，第三个岔口左转的尽头是悬崖。

安娜：什么？

酷杰：卫星地图显示的。

糊涂蔡：你你你你你……你骗我们！

【嘴唇花一改端庄的样子想要溜走，结果被糊涂蔡一把抓住】

嘴唇花：啊啊啊啊！救命啊！郁金香！快来救我！

冰激凌郁金香：没用的东西！

【郁金香从草丛走出来，糊涂蔡见到她之后两眼放光】

糊涂蔡：冰激凌！

【糊涂蔡冲上去就把冰激凌郁金香身上层层叠叠的花瓣咬掉一坨，郁金香随即向观众席寻找帮手（互动环节）】

冰激凌郁金香：你敢咬我？哪儿来的小胖子，以为我好欺负吗？台下的小朋友有没有人帮帮我，把这个小胖子捉起来！

【安排一些小朋友负责拦住酷杰等人，另一些帮郁金香把糊涂蔡绑了起来，糊涂蔡的嘴里也被塞满了郁金香的花瓣。嘴唇花见这时没有威胁了，又跳出来嚣张地摆弄糊涂蔡的胖脸】

嘴唇花：这下我看你还怎么嚣张。

糊涂蔡：呜呜呜呜呜！

冰激凌郁金香：你说什么？

糊涂蔡：呜呜呜呜呜（快放了我吧）！

冰激凌郁金香：什么？

灰兔：他求饶呢。

冰激凌郁金香：哼哼，落在我的手里还想跑！你们来奇境之林要干什么坏事？

酷杰：赖明博士委托我们来保护独叶草。

冰激凌郁金香：有什么证明？

【酷杰翻遍糊涂蔡全身，也没找到钥匙】

安娜：你找什么？

酷杰：糟了，赖明博士给的钥匙不见了。

灰兔：博士给你的那一把？

【酷杰点点头，绝望的糊涂蔡疯狂挣扎】

冰激凌郁金香：拿不出证据了吧，看来要把你们统统绑起来才行！

安娜：我们真的是赖明博士派来的，因为陈博士要来奇境之林偷走最后一株独叶草！

嘴唇花：陈博士又是谁？

灰兔：陈博士是个大坏蛋！

安娜：他和大头瓢虫一起来的！

冰激凌郁金香：大头瓢虫？

嘴唇花：会不会就是望天树看到的那只？

冰激凌郁金香：你去把望天树找来，我们商量一下如何处理这群小家伙。

【嘴唇花下】

灰兔：请问……你到底是什么植物？

冰激凌郁金香：我？我就是世界上最美丽、最惹眼，高贵优雅、洁白无瑕的冰激凌郁金香！

灰兔：那你到底是冰激凌还是郁金香啊？

冰激凌郁金香：废话！我看起来像是能吃的吗？

安娜：我们从来没有见过长得这么像食物的花。

酷杰：连电脑都查不到您的信息。

【腕表发出机械声：无法查询！无法查询！】

冰激凌郁金香：当然了，我们也不是天生长成这样的，是你们人类，为了满足你们猎奇的心理，将我们改造成这样的！

安娜：但是你真的很好看。

冰激凌郁金香：好看？你不知道我们要为好看付出多少代价！

【郁金香开口的同时,舞台的一角一束光下一株小郁金香缩成一团沉睡着】

冰激凌郁金香:人们为了培育出他们满意的郁金香品种,便把我们放在不到10℃的冷藏室里。

【小郁金香似乎被寒气侵袭,抖个不停】

冰激凌郁金香:能够在那么冷的地方活下来的郁金香非常少,然后它们就会被移植到树荫下面去,如果不幸赶上炎热的天气,坚持不了的郁金香就会被淘汰。

【小郁金香把自己身上的叶子和花瓣弄得皱巴巴的,甚至有些掉到地上】

冰激凌郁金香:最后留下来的郁金香被栽到人们能够观赏的地方,它们终于可以肆意绽放了,粉红的花瓣围成一圈,中间拖着层层叠叠的乳白色的花瓣,就好像人类吃的冰激凌一样。有很多人慕名而来,觉得冰激凌郁金香太神奇了。

【小郁金香终于开了,它巨大的花朵像是被风吹动,轻轻摇曳】

冰激凌郁金香:但是有些可恶的人,明明知道我们只是长得像冰激凌,并不是真正可以吃的冰激凌,却还是要把我们的花折断,拍想要把我们吃掉的照片。冰激凌郁金香的花期本身就很短,但是其实更多的花却是在花期结束之前就被破坏了。

【小郁金香粗暴地扯掉自己身上的花瓣和枝叶,照亮它的光骤然熄灭。糊涂蔡突然开始挣扎,他迫切地想要说话,冰激凌郁金香拿掉他嘴里塞着的花瓣】

糊涂蔡:我……我以后再也不随意摘花、践踏草坪了,更不会把……把花吃掉了!

安娜:我们一定呼吁更多的人保护花草树木!

冰激凌郁金香:你们以为说这些我就会放了他吗?

【嘴唇花、郁金香、望天树匆匆逃离】

嘴唇花：吓死我了，我还以为他们会揪掉我的花瓣呢。

冰激凌郁金香：都怪你太没用了，怎么跑着跑着就摔倒了呢？

望天树：你们先别吵了，我觉得他们是好人。

冰激凌郁金香：不可能，你觉得坏人脸上会写着坏人两个字吗？

嘴唇花：郁金香，那为什么他们会放了我呢？

冰激凌郁金香：这都是骗子们的骗术，给你一颗糖，你就觉得骗子是好人了吗？

陈博士：说得没错，坏人是不会说自己是坏人的。

三株植物：你是谁？

陈博士：我是谁？大头，把实话告诉它们。

大头：他就是大名鼎鼎的、无恶不作的大坏蛋陈博……

【陈博士捂住大头的嘴】

陈博士：闭嘴！你怎么能说这个？

大头：不是你让我实话实说的吗？

三株植物：坏人，收拾他们。

陈博士：大头，上。

【三株植物跟大头打了起来】

第五场

【陈博士将望天树绑在树藤上，手举火把】

陈博士：小植物们，你们就忍心看着你们的朋友受苦吗？

冰激凌郁金香：望天树，你怎么样？

95

望天树：别管我，你们快走！快走！

嘴唇花：我们是不可能丢下你的！

陈博士：放心吧！我不会丢下你们任何一个的，想救你们的朋友吗？那就老实告诉我独叶草藏在哪儿吧！

嘴唇花：我们……我们不知道。

陈博士：你们信不信我一把火烧了奇境之林，让你们这里所有的植物都灭绝！

冰激凌郁金香：我……我可以告诉你独叶草在哪儿，但是你得答应我们一个条件。

陈博士：小宝贝儿，你现在有资格跟我提条件吗？

【嘴唇花准备逃走】

陈博士：别想从我眼皮底下溜走，大头抓住它们，我真是替赖明那个家伙伤心，怎么就把守护任务交给你们几个家伙。给它们点儿颜色瞧瞧！

酷杰等人：住手！

陈博士：哟！这是哪儿冒出来的毛孩子？

酷杰：陈博士，我们是赖明博士派来保护森林的！

陈博士：赖明这个糊涂虫，就派了这几个毛孩子来，自不量力。大头收拾他们！

【所有人被大头打倒在地】

陈博士：既然你们送上门来，就别怪我不客气了，把他们统统丢下悬崖！

酷杰：住手，你要是把我们丢下悬崖，你就永远都拿不到独叶草了。

陈博士：好样的，那你一定是知道独叶草的位置了？

酷杰：你把他们都放了，我带你去。

陈博士：我凭什么相信你？

酷杰：你看手里的地图，是不是怎么都找不到方向？真的地图在我这里呢！

糊涂蔡：酷杰，你怎么可能有地图呢？博士不是……

安娜：闭嘴！

陈博士：说，小胖子，说！

安娜：不能说！

大头：不说我就把你嘴巴撕开！

陈博士：既然你们都不愿意说，那我就让你们尝尝我的新发明吧！

安娜：不能喝！

陈博士：让酷杰喝下去！

大头：不喝我就给你点儿厉害的。

【大头一屁股坐到酷杰身上】

【望天树用尽力量解开藤蔓，一下抱住陈博士】

望天树：你们快走。

大家：望天树！

望天树：快走！快走！

陈博士：大头，把这些可恶的大树全都给我烧掉！

【糊涂蔡背着酷杰，大家紧跟其后】

酷杰：放我下来。

安娜：酷杰，你会没事儿的！

糊涂蔡：酷杰，我立马背你回实验室，我们去找医生。

【郁金香在旁边低声哭泣】

酷杰：郁金香，不要哭泣，我们肯定有办法的。

嘴唇花：我跟他拼了，我要去救望天树。

安娜：嘴唇花，你不要冲动！

冰激凌郁金香：完了……完了！

酷杰：大家都不要气馁，只要大家团结在一起就一定有办法的。

【酷杰用尽最后一点力气晕了过去】

安娜：酷杰 酷杰

嘴唇花：郁金香，赖明博士之前不是交给我们一个药丸，说是可以救急时用！

冰激凌郁金香：对对，药在我这儿呢！

嘴唇花：快给他服下吧！

灰兔：这下你们相信我们啦？

冰激凌郁金香：相不相信再说，我们只知道你们是好人就对了。

【酷杰吃下药丸】

安娜：酷杰，酷杰，你感觉怎么样？

酷杰：我刚刚不是已经……

灰兔：刚刚你晕过去了。

酷杰：我们不能跟他们蛮干！我们得有个计划。

大家：什么计划？

酷杰：我的计划是……（开始手舞足蹈的布置任务）大家清楚吗？（看到大家肯定的回应后）好，我们出发！

【酷杰分配任务让小朋友帮忙，把五只手电分给五个方位的小朋友，酷杰在台上指挥】

【秘密计划】

【陈博士与大头迷失方向】

大头：博士，我们能不能休息一下，再这么下去我们都会累死在这个森林里的。

陈博士：真是太可恶，我的计划差一点儿就成功了，被都怪那几个毛孩子。还有你这个笨蛋大头，老是在关键时刻出问题。

大头：我只是一只瓢虫。

陈博士：说得对，你就是瓢虫，你给我老实在这里待着！

大头：博士，你是准备不要我了吗？

陈博士：对对对，真是没用的家伙，我怎么养了你这样的宠物，真是可恶！

【陈博士生气下场】

【大头一个人待在原地，不知道做什么，突然肚子咕咕直叫】

大头：哎呀，饿死我了，还是先睡一会儿吧。

灰兔：酷杰，大头瓢虫好像睡着了……

糊涂蔡：让我用平底锅敲晕他。

酷杰：等等，武力是不解决问题的。

安娜：你有什么好办法？

酷杰：如果有个办法能够让他没有力气就好了……

冰激凌郁金香：我知道，我知道，记得有一次嘴唇花就……

嘴唇花：郁金香，拉肚子这种事儿还是别说了。

糊涂蔡：对呀，有次我吃错了东西，拉肚子就一点力气也没有。

酷杰：好办法！糊涂蔡快把你的零食都拿出来。

糊涂蔡：你想干什么？

酷杰：我要给大头做一道菜……

【大头迷迷糊糊地醒来】

大头：谁，谁在那里说话？

酷杰：嘘！

【酷杰等人悄悄离开】

陈博士：大头，大头，你这大懒虫，怎么在这里睡着了？

大头：博士，我们还是找点儿食物，休息一下吧。

陈博士：好吧，你去找吧！

大头：好香啊！博士，博士，你闻见没？

陈博士：小心有诈！

大头：放心。只要我大头吃饱了，咱们谁都不怕……

【大头下场拿出来一些好吃的食物】

陈博士：从哪儿拿的食物？

大头：前面有小孩儿在野炊，我从他们那儿抢来的。

陈博士：那还等什么？快吃呀。

【吃着吃着，大头开始肚子疼】

【陈博士也开始肚子疼】

【陈博士跟大头来回地跑厕所，开始有些腿软】

【酷杰偷偷上场将陈博士的药水换了】

陈博士：大头，去把我的药箱拿过来。

【喝下药水】

酷杰：大家跟我一起上！

【大头护着陈博士离开】

大头：你们这些手下败将，看我怎么收拾你。

【酷杰抓住大头】

【陈博士一个人仓促逃离，在森林里迷路了】

陈博士：真是可恶，没想到被几个小毛孩给骗了。不过如果实验成功了，我要先拿那几个毛孩子做实验。

【画外音】

小叶子：谁……谁在外边说话？博士，是你吗？

陈博士：我是……

【画外音】

小叶子：博士，特别感谢你给我们一个这么好的生存环境。

陈博士：不用客气，这是我们应该做的。

【画外音】

小叶子：博士，你知道吗？我已经长大了，也快有种子了。

陈博士：（小声嘀咕）哎呀呀！难道这就是赖明那个家伙保护的独叶草？真是得来全不费工夫呀！（大声叫）小叶子，你在哪儿？快出来吧！

【画外音】

小叶子：博士，我藏在山洞里面啊！

陈博士：哦！（窃喜）真是太好了。

【陈博士四处找山洞入口】

陈博士：可恶的赖明，居然藏得这么严实，看来我只能把这座山炸毁了。

赖明博士：住手！

陈博士：赖明，你来得正好。今天我就要你亲眼看见你保护的这些植物全都毁灭在你的面前！

赖明博士：陈博士，你为什么就这样对待这些植物呢？

安娜：博士，我们一起上前把他抓起来！

冰激凌郁金香：我要你还我们望天树，我要给你点儿颜色瞧瞧！

陈博士：谁敢过来，我就毁了这里！

赖明博士：大家不要冲动！

酷杰：郁金香，你冷静一点！

赖明博士：陈博士，难道你就那么恨这些植物吗？

陈博士：我不是恨这些植物，我是恨你！是你造成的这一切！

赖明博士：我？

陈博士：对，为什么你处处都比我强？为什么我那么努力还得不到大家的重视？为什么大家都那么支持你？

赖明博士：所以你就恨大家？你就要研究控制人心的药水？

陈博士：对，我要让所有人都听我的，按我的指示去做，我要毁掉所有植物，我要让你没有植物可以保护。从小到大没有人瞧得起我，上小学时我经常被同学欺负，上中学时我发奋图强，但在实验室里我那么努力为什么还是不如赖明你这个家伙，所以我要研究一个跟你不一样的项目，我要控制所有人，让他们都听

101

我的指挥，这样我就高高在上了。

酷杰：要是植物都灭绝了，人类就无法生存了，你也没有办法生存。

陈博士：我也是被逼的，我也不想这样，一步错，步步错。

安娜：只要你改过自新，大家还是会原谅你的。

陈博士：不可能的，我干了那么多坏事儿，谁还会原谅我？

安娜：你不信，你问问大家，嘴唇花、郁金香、灰兔。

嘴唇花：如果你能知错就改，保护我们，我们愿意原谅你的，对吧，郁金香？

冰激凌郁金香：我之前是特别讨厌人类的。不过自从认识赖明博士后，发现正是由于他无微不至的照顾，才让我们植物有了这么一个美好的家园。

【警报响起】

赖明博士：陈博士，你看看大家，难道你的心胸就这么狭隘吗？

陈博士：我真是太失败了！活了大半辈子还不如一朵花、一株草看得透。

赖明博士：只要改过自新，老同学，我们欢迎你再回来，我们一起帮助这些植物生存。

陈博士：我……（慢慢从怀里掏出一个树根）这个是望天树的树根，也许我们还能救活他。

尾幕

【嘴唇花与郁金香坐在望天树的树根旁】

嘴唇花：望天树，博士已经把你种在地里一年了，你会回来吗？

冰激凌郁金香：望天树，你快睁眼看看呀，我们奇境之林变得越来越美了。

【郁金香慢慢唱起了它们的歌】

嘴唇花：是呀！好想你这个小懒虫，好想我们每天一起沐浴阳光的日子。

酷杰：嘴唇花、郁金香。

嘴唇花、冰激凌郁金香：酷杰。

安娜：你猜，我们带来了什么？

冰激凌郁金香：不会是糊涂蔡的那些零食和果冻吧？

糊涂蔡：我都已经戒掉零食和果冻了。

灰兔：这次绝对是一个惊喜。

酷杰：你们看那是谁？

嘴唇花、冰激凌郁金香：望天树！

嘴唇花：望天树，真的是你吗？

望天树：嘴唇花、郁金香，是我呀！赖明博士让我重新生根发芽了，所以我又复活了。

冰激凌郁金香：真是太好了！我们又可以在一起晒太阳，守护奇境之林了！

【狂欢舞曲】

天工开物之奇幻旅程

　　《天工开物》作者是宋应星，初刊于 1637 年（明崇祯十年），共三卷十八篇，全书收录了农业及手工业，诸如机械、砖瓦、陶瓷、硫黄、烛、纸、兵器、火药、纺织、染色、制盐、采煤、榨油等生产技术。

　　《天工开物》是中国古代一部综合性的科学技术著作，有人也称它是一部百科全书式的著作。外国学者称它为"17 世纪的工艺百科全书"。

　　作者在书中强调人类要和自然相协调、人力要与自然力相配合。是中国科技史料中保留最为完整的一部。

　　2020 年 4 月，《天工开物》被列入《教育部基础教育课程教材发展中心 中小学生阅读指导目录（2020 年版）》。

　　日本科学史家三枝博音认为：《天工开物》不仅是中国，而且是整个东亚的一部代表性技术书，其包罗技术门类之广是欧洲技术书无法比拟的，称此书是"中国有代表性的技术书"。日译本称《天工开物》为"中国技术的百科全书"。日本学者评议道："作为展望在悠久历史过程中发展起来的中国技术全貌的书籍，没有比它更合适的了。"

　　法兰西学院汉学家儒莲将此书称为"技术百科全书"，将其理解为"对自然界奇妙作用和人的技艺的阐明"。

　　英国科学史家李约瑟博士把《天工开物》称之为是"17 世纪早期的重要工业技术著作"。

　　本剧围绕中国古代科技巨作《天工开物》这本书的科普内容展开，通过跌宕起伏的剧情、变化多样的冒险场景，展示《天工开物》书籍中的科技内容，展现我国古代杰出科学家的不朽的成果，培养公众的爱国精神和民族自豪感。

马小星是一个小淘气，不爱学习，整天打游戏。

父母多次和马小星强调好好学习的重要性，对他说科学知识是以后必需的生存技能，并希望他长大之后能当一名科学家，但是马小星就是不听，就是不好好学习。

在过生日的当天，马小星的姐姐给马小星买了很多书籍，其中有一本就是《天工开物》，结果马小星看都不看就扔在了垃圾桶里，姐姐非常生气，马小星却不以为然。

在一个周六的早晨，姐姐带他去一个岛上游玩，结果下午回家的时候，马小星和姐姐找不到旅行团其他的人了。在荒无人烟的岛上，马小星非常害怕，但是姐姐说不用怕，我带了一本书，靠这本书，我们就可以生存下去，随后便把《天工开物》拿了出来。马小星非常惊讶，因为这本书正是之前过生日时，姐姐送给自己，但被自己随手扔在了垃圾桶里的书。

马小星惊讶之余好奇为什么靠这本书就可以生存下去。姐姐利用《天工开物》这本书里的知识，做出来了找食物的工具、打猎的工具、防身的工具，做出了保暖的衣服、马小星爱吃的糖果、逃离孤岛的小船。这些东西都让马小星惊讶不已。

马小星这个时候才意识到了学习科学知识是多么的重要，并和姐姐承认了之前的错误。

姐姐此刻露出了欣慰的笑容，并和马小星说，其实这次孤岛旅行是爸爸妈妈安排好的，是对你的一次磨炼，我们并没有走丢，导游阿姨在等着你回去呢。

马小星这个时候又生气又开心，说如果能安全回到家里，一定好好学习科学，长大之后做一名科学家。

人物介绍：

马小星——9 岁，小学 3 年级，不爱学习，喜欢打游戏。
姐姐——21 岁，名牌大学理工科大三学生。
导游和旅行团人员若干名

第一场

【背景音：欢迎来到游戏世界，全军出击！】
姐姐：别打游戏了，今天你过生日，猜猜姐姐给你准备了什么礼物？
马小星：（迫不及待地要抢过去）快给我看看。
【姐姐递给马小星一个没有拆开的礼盒】
姐姐：先别打开，你来猜一猜。
马小星：我猜是一个游戏机。
姐姐：就知道打游戏，不对，再猜猜。
马小星：是好吃的糖果。
姐姐：也不对。
马小星：好玩的？
姐姐：也不对。
马小星：那是什么？
姐姐：你自己打开看看吧？
【马小星打开之后，发现是几本书】
马小星：（生气）真无聊，又给我买书。
姐姐：（拿出其中一本书）这本书可是《天工开物》，被称为

"17世纪的工艺百科全书"，里面详细记载了中国古代的科学技术知识，相信你看了之后，会对科学产生兴趣的。

马小星：我才不想学。

【马小星随手把姐姐送的生日礼物扔进了垃圾桶，继续打游戏】

姐姐：小星，我都说了多少遍了，不要再打游戏了，就不能多看看书吗！

马小星：哎呀姐姐，你别管我行不行，我的小伙伴们都在家打游戏呢。

姐姐：你再打游戏我就告诉爸妈去。

马小星：你去告吧，他们也管不了我打游戏，哼！

【马小星下台】

【姐姐默默捡起了《天工开物》这本书，然后摇了摇头，叹了口气】

第二场

【在一个周六的上午，姐姐带着马小星加入了一个旅行团，他们要去一个岛上游玩】

马小星：终于到周六了，出来玩真开心！（马小星活蹦乱跳）

姐姐：你看着点路！

导游：接下来呢，大家自由活动，但是因为这儿是野外，人烟稀少，请大家自己注意安全。等傍晚5点钟的时候，我们还是在这里集合

马小星：太好了，玩去喽！

姐姐：（追小星）别乱跑！

【回去的时候，马小星和姐姐找不到了旅行团，在荒无人烟的野外，马小星非常害怕】

【姐姐和马小星从同一侧上台】

马小星和姐姐：（一起喊）有人吗？有人吗？

马小星：姐姐，怎么办啊，我们走丢了，这里连手机都没有信号，如果我们出不去怎么办？

姐姐：不用怕，我带了一本书，靠这本书，我们就可以生存下去。

【姐姐把《天工开物》拿了出来】

马小星：（惊讶）姐姐，这不是我之前过生日你送给我，但是被我扔掉的书吗？

姐姐：是的，如果我们一直被困在这个岛上没人救我们，这本书里的科学知识能让我们生存下去！

马小星：（半信半疑）有这么厉害？

姐姐：那当然，我问你，我们现在最需要的是食物，你准备怎么找吃的？

马小星：（想了一会儿）我去找野果吃。

姐姐：那你去找找看吧。

【姐姐、马小星一起下台】

马小星：（垂头丧气地回来了）找了一大圈结果什么都没找到。

【然后姐姐上台】

马小星：那边有棵枣子树，树太高了，我够不到枣子，我半天没吃东西了，好饿。

姐姐：小星，其实啊，姐姐刚才一直跟在你身后，在这种野外地方，想弄到吃的，需要一些工具。我们可以用这本《天工开物》里的知识做一把弓。

马小星：姐姐，你别吹牛了，古人的书都是文言文，你能看懂吗！

姐姐：《天工开物》这本书里除了文言文以外，还搭配了很多精美的插图，姐姐这就做一把给你看。

【姐姐背对观众，马小星正对观众垂头丧气，过了5～10秒，姐姐拿出一把弓和几支箭】

姐姐：小星，看，弓箭！

【马小星露出一脸惊讶的表情】

姐姐：走，我们去找猎物吧。

马小星：姐姐，等等我。

【走到半路，从树林里面突然冒出来一只兔子】

马小星：姐姐快看，那里有一只野兔。

姐姐：嘘，你说话声音小点儿。

【然后姐姐对着兔子射出箭】

马小星：姐姐，《天工开物》这本书真的是太厉害了，刚才你做的弓箭差一点儿就打中野兔了。

姐姐：我刚才是故意没有瞄准的。给你科普一下，野味可能含有很多细菌和病毒，不到迫不得已不能吃，我们还是找其他东西吃吧。

马小星：原来中国古代的科技就已经这么厉害了啊！

姐姐：这还不算最厉害的，书里面还教了怎么做更厉害的武器，比如火药，以及大炮。

马小星：姐姐，你快做给我看看，我太好奇了。

姐姐：这个现在还没有必要做，我们先把必需的物件做出来。

马小星：嗯！好的！

第三场

【到了傍晚】

【马小星、姐姐一起疲惫地上台】

马小星：姐姐，走了一天还是没找到旅行团的其他人啊，你说《天工开物》这本书里的知识真能让我们生存下去吗？

姐姐：当然可以。接下来，我就用《天工开物》里的科学知识教会你其他的生存技能。

姐姐：你告诉我你现在最想要的是什么？

马小星：我现在最想有点儿衣服穿，因为这里的晚上好冷啊！

姐姐：可以，《天工开物》在织布与制衣方面都有非常详细的论述，从一开始的如何制备线，如何编织线，到如何制造衣服、织物、毛毯，都有着详细的解说。《天工开物》里详细地讲述了缝纫机的制作和使用方法。

马小星：（一脸充满惊讶，看着姐姐）哇，这本书也太厉害了吧，我也要看看。

姐姐：哈哈，生日那天送你还给扔了，现在知道厉害了吧！

【马小星迫不及待地把书抢了过去】

马小星：姐姐，这里面的句子都是文言文，好难懂啊，还好有插图可以搭配着一起看。

姐姐：所以你现在知道好好学习的重要性了吧，不光要好好学习科学，还要好好学习语文，因为语文是所有学科的基础！

马小星：姐姐，如果我们长期无法离开这里，我还想有个居住的地方怎么办？

姐姐：没有关系，《天工开物》里面还详细介绍了烧制砖、瓦的方式，我们可以不用住木屋或者茅草屋，等有时间的时候，我们可以给自己建造一间坚固的水泥砖瓦屋。

姐姐：如果长期生存下去，我们肯定还得有持续的食物补给，所以光靠在外面寻找是不行的，我们必须自己种植农作物，《天工开物》里面详细解说了各种作物种植和加工方法，如黍、稷、粟、粱、菽等。

姐姐：研究好书里的农业科学知识，我们以后就可以有持续的食物补给了！

马小星：我虽然现在没那么害怕了，但是如果以后天天只吃大米和馒头，该有多无聊啊。

姐姐：知道你喜欢吃糖，《天工开物》里面也详细记载了各种糖的制作方法，饴糖、甘蔗糖、蜂蜜糖等等。以后姐姐都可以给你做。

马小星：耶，那太好了！

马小星：不过姐姐，假如一直没有人来救我们怎么办？我们要一直在这里生存下去吗？

姐姐：那你想想，有什么方法可以让我们逃离这里？

马小星：（思考了一下）我觉得只能坐船吧，之前的自然课有一节课讲到制作船的方法，可惜我没有好好学，现在连用纸折的船我都折不好。

姐姐：《天工开物》里面也详细介绍了各种船只的制作方法，如舟车运输工具、漕舫漕船，还有各种海上近航及内航的船只。

【姐姐边介绍，舞台上的大屏幕里边同步放映各种船只的构造】

姐姐：所以你不用着急，按照书里的内容，我们一定能做出离开这里的船只。

马小星：不行，姐姐，我要好好看看这本书。

【马小星翻看了一会儿《天工开物》，然后若有所思地安静了几秒钟】

马小星：唉！

姐姐：小星，你叹什么气啊？

马小星：姐姐，我想向你道个歉，我之前不该把你书扔进垃圾桶，也不该一直打游戏不好好学习。

姐姐：你现在意识到好好学习科学知识的重要性了吧。

马小星：是的，我以前总觉得学习没那么重要，现在才知道，知识，尤其是科学知识，是我们在这个世界上生存的基本技能，没有过硬的科学知识储备，就无法解决生活中的问题。就像这次我们俩被困在这个岛上一样，如果没有《天工开物》这本书，要不了几天，我估计我们俩就会被饿死或者冻死，甚至被野兽给吃了。

姐姐：哈哈，你意识到自己的错误就好。

姐姐：走吧，我们找一个能避风的地方。

【姐姐、马小星下台】

第四场

【姐姐、马小星上台】

姐姐：小星，你看那边是谁？

【小星回过头看，几个手电筒的灯光照了过来，他揉了揉眼睛一看，竟然是爸爸妈妈】

马小星：（激动地跳了起来）爸爸、妈妈！

姐姐：（对马小星说）：其实这次孤岛旅行是爸爸妈妈安排好的，是对你的一次磨炼，我们并没有走丢，爸爸妈妈还有导游在等着你回去呢。

【马小星这个时候又生气又开心】

马小星：姐姐，你们实在是太坏了，我还真以为我接下来要在这个岛上生活呢，都把我给吓坏了！

姐姐：也希望你能理解我们的良苦用心，这一切都是想让你好好学习，快点儿成长。

马小星：姐姐，等我回到家里后，我一定好好学习科学，长大之后我要做一名科学家。我以后再也不打游戏了。

姐姐：完成学习功课之后，可以适当地玩一下游戏、休息一下的，但是像你这样沉迷于游戏，耽误了学习和功课，就是你的不对了。

马小星：我一定努力读书，我还要把打游戏的时间都用来学习科学知识，希望下次过生日，你们能给我买好多好多本《天工开物》。

姐姐：哈哈，《天工开物》是明代大科学家宋应星给我们留下的珍贵科学著作，只有一本。不过，我可以给你买中国其他的古代科学家的书，比如沈括的《梦溪笔谈》、刘徽的《九章算术注》等等。

姐姐：哈哈，当然，只学习古代的科学技术是不够的，我们还要学习现代最新的科学知识。

马小星：那现代最新的科学知识我们去哪里才能看到呢？

姐姐：这个其实我早就和你说过，去北京科学中心啊，离我们家不远，坐地铁十几分钟就能到了，北京科学中心展览展示面积近1.9万平方米，分为"三生"主题展、儿童乐园、特效影院、首都科技创新成果展、科学广场、临时展厅、科技教育专区和首都科普剧场八个功能区呢！

马小星：哇，我要去！我要去！

姐姐：看到你的改变姐姐非常高兴。我们现在好好学习科学，将来长大了一起为祖国的科技创新事业而奋斗！

马小星：好的，我要加油！

姐姐：我们一起加油！

千年石刻 千年传承

人物介绍：

亮亮——14岁，北京市某中学初一学生，调皮好动，与元元在研学旅行中不慎捡到一只"手"，从而和伙伴们开始了一次奇妙冒险。

元元——13岁，北京市某中学初一学生，亮亮的好朋友，爱好美食，活泼机敏。与"手"结缘，从而踏上了修复文化遗产的冒险之旅。

李骏——14岁，北京市某中学初一学生，网络视频创作者，在与同学向专家了解了文物修复的过程后，改变了对网络视频的理解，从而成为保护环境、爱护文物的宣传员。

詹教授——50多岁，文物修复专家。

陈卉丽——50多岁，文物讲解员，后来加入了文物修复团队，现如今成了文物修护员。

微微——14岁，班长，阿华的妹妹，男同学对她敬而远之。

张老师——班主任，语文老师。

导游——大足石刻讲解员。

豆蔻——13岁，语文课代表。

阿华——22岁，微微的哥哥，在读大学生，建筑大学文化遗产与数字虚拟修复专业。

老者（已定）——宝顶石刻由号称"第六代祖师传密印"的赵智凤，于公元1174—1252年间（南宋淳熙至淳祐年间），历时70余年总体构思组织开凿而成。

第一场

场景：北京某学校某教室
【正是课间时间，几个同学三三两两聚在一起说话】

李骏：刚刚收到最新消息！咱们下周的研学活动，你们猜，要去什么地儿？

元元：李骏，你简直太神了，这都能打听到。我猜，今年是去四川大熊猫基地？嗯……或者航天城？

豆蔻：我希望是古城西安……

元元：甭管哪里……美食，我的最爱……我来啦！

亮亮：你到底知不知道去哪儿，别卖关子，快说！

李骏：OK，OK，是去……重庆大足石刻。

【班级里炸了】

亮亮：重庆大足？我都没听说过，你是在谎报军情吧。

李骏：开玩笑！我李骏的消息向来准确，我拿我的粉丝发誓。

豆蔻：您的粉丝，得留好了，再掉两个，就没了……

李骏：怎么说话呢？我最近的"粉丝"那是"噌噌"上涨……

微微：哇哦！确实不错呢！粉丝已经突破个位数大关，终于有10个了！

【大家哄笑】

豆蔻：别吵了，我看有可能，据我查到的资料显示：大足石刻，已被列为世界文化和自然双重遗产，是世界八大石窟之一，是中国石窟艺术史上的最后一座丰碑，也是世界石窟艺术历史中最为辉煌壮丽的一页。

元元：重庆那么热，我就想待在家里吹着空调玩游戏，大足，一听就没意思，还记得上次研学去的地方吗？超级无聊。

李骏：亮亮、元元，这次机会难得，你们这次一定要帮我涨涨粉，我可不想让微微她们笑话我。这次去大足我要拍视频，涨粉计划只能成功，不能失败。

　　亮亮：别忘了，要屏蔽老爸、老妈，还有老师。

　　元元：哦，对，还有微微，就她……

　　【班长凑到李骏身后，吓了他们一跳（滑稽音效）】

　　李骏：我说班长啊，你天天就知道盯着我们几个，这次去大足你可管不了我们了。

　　微微：（叉起腰）管你们怎么了？老师不在，我说了算。

　　李骏：亮亮，我是这么设计的，咱们把元元和美食、佛像、明星什么的，混合成小视频……哈哈，说不定我就变成大网红了。我是不是很有才？我就是……

　　【声音减弱，班主任老师进来】

　　元元：小心，老师来了。

　　【上课铃声响起，老师拿着一摞作业本，走进教室】

　　微微：起立！

　　张老师：同学们好！

　　同学们：老师好！

　　张老师：请坐！

　　张老师：在上课之前，我说一下下周去重庆研学的事情。这次我们要去的是重庆大足。下周一早上8点学校门口集合，这次你们的带队老师……还是我。这次的研学记录作业会算在你们的期末考核里，所以你们要认真对待……

　　【声音渐弱】

第二场

场景：大足石刻

【重庆大足石刻的导游带着一队学生参观大足石刻，为学生们讲解大足石刻的历史，多媒体展示大足石刻的影像，体现石刻巧夺天工的艺术之美。】

讲解员：同学们请看，这就是大足石刻。大足石刻以佛教内容为主，是中国晚期石窟艺术的代表作品。1999年12月1日，大足石刻继敦煌之后被列入《世界遗产名录》。可以说，大足石刻以其丰富的思想内涵、广泛的造像题材、优美的造型艺术和深刻宗教哲学思想对后世产生了重大影响，成为我国石窟艺术史上最后一座亮丽的丰碑。

【两个调皮的学生听得心不在焉】

【多媒体视频展现千手观音的细节，形态各异的手形雕刻十分精美】

亮亮：李骏，就这个地方能拍什么呀，一座石头山而已。这个雕刻的水平，看上去就那么回事，也不怎么样。不知道世界文化遗产，是怎么评出来的。

李骏：就是，就这破地儿，我能拍出什么花样来呀！这回估计要掉粉了……

元元：唉，这里哪有什么美食，连小卖部都找不到，而且又湿又热，一会儿上坡一会儿下坡，想想我的空调，想想我的冷饮，如果这些石头都变成冰激凌该多好……

微微：（大白眼）做什么梦呢，睡醒了吗，还冰激凌……

三人：用你多管闲事。

讲解员：请大家跟我一起走进"大悲阁"，大悲阁正在进行修缮，同学们注意安全！这次大悲阁修缮工作将严格遵守不改变文物原状的原则，尽可能真实完整地保留建筑的历史原貌和建筑特色。现在呈现在我们面前的这座千手观音像雕刻在崖面上,集雕塑、彩绘、贴金于一体,形状犹如孔雀开屏。建成 800 多年来,"千手观音"由于风化侵蚀,曾被多次修复。最近的一次大面积贴金是在清代光绪十五年,距今已有 100 多年。

【视频结束,游览也随之结束】

豆蔻:老师,这尊大佛都近千年了,没想到,依然光彩夺目。

讲解员:为了让你们近距离感受用现代科技手段修复文物的过程,你们将参观大足石刻研究院,我们文物保护工程中心的陈卉丽主任,会给你们做更多介绍。

张老师:谢谢您的介绍,让我们大开眼界、受益匪浅,让同学们对世界文化遗产又多了一些认识。同学们,现在这里还在施工,一定要注意安全,不要聚集,半小时之后,我在下面的平台上等你们。微微,记得督促一下后面的同学。

微微:好的,没问题。

【亮亮三人,会意地慢了下来】

微微:你们三个磨磨蹭蹭,小心一会儿掉队!

豆蔻:微微,老师留了很多任务,咱们赶紧搜集素材吧,别跟他们浪费时间了。

亮亮:豆蔻,就你学习好!我们这不是正在研究呢嘛,你赶紧忙你的!

【亮亮看着微微的背影,做了个鬼脸】

李骏:亮亮、元元,快来快来,我发现一个绝佳的拍摄位置。

亮亮:你不是说拍这地方会掉粉吗?

李骏:你懂什么呀,拍视频拼的就是猎奇,是人们的好奇心,只要我不走寻常路,就总有人看!(钻过护栏照相)

【亮亮给李骏拍了张照】

李骏:(拿过相机,回看照片)看看,这标准的五官,这长相,我不火天理难容啊。好了,你俩过来,我给你俩拍。

亮亮：未来的大网红，看你的技术了。

李骏：你俩和佛像挨近点儿，摆个pose。上边一点儿……下边一点儿……左边来点儿，不行，再往右点儿……左边点儿……

亮亮：好了没，快点儿，我坚持不住了。

李骏：3——2——1，OK！完美！

亮亮：我看看，咦……就这水平！

李骏：懂不懂艺术！

元元：你就别侮辱艺术了！

李骏：你们俩忘恩负义的家伙，瞧我不收拾你们！

【（灯暗）三人在千手观音处追逐打闹，打闹过程中，撞上了千手观音，亮亮和元元摔倒在地上】

亮亮：哎哟……

元元：什么情况？

亮亮：我扭着脚了！

李俊：你没事吧？

【亮亮在地上摸到一只手】

亮亮：元元，快拉我一把！

元元：我都没看见你在哪儿？

亮亮：我这不拉着你的手呢嘛！

元元：瞎说什么呢！你拉的是李骏的手吧！

李骏：（远处的声音）我在这儿呢。

【恐怖的音效慢起】

亮亮：妈呀！哎呀，鬼呀！（慌乱地爬起，跑了出来）

【李骏和元元也跑到台前】

李骏：（扶住亮亮、元元）你俩去哪儿了，找你们好一会儿了，瞧瞧，刚才的视频点赞数已经破200了，对了，你俩干吗慌慌张张的。这可是文物，万一碰坏了你俩就完蛋了！

亮亮（指着身后）：手……手手……

李骏：什么手啊？

元元：你该不会真碰到鬼了吧！

【悬疑恐怖音效】

亮亮：啊！跑啊！

【刚要跑被李骏拽住】

李骏：等等！这就有意思了啊，拍视频的绝佳机会！走，跟我走，我要一探究竟！

【李骏跑到幕后】

亮亮：这个李骏，想涨粉想疯了！

元元：咱别管他了，咱们走吧！（打哆嗦，颤抖）

【李骏拿着手跑出】

李骏：坏了坏了，这可比遇见鬼还麻烦，你俩谁把千手观音的手给撞掉了？

亮亮：啊？原来是千手观音的手啊，完了完了……

【这时候讲解员大声喊集合】

讲解员：同学们集合，我们该去下一个景点了……

【李骏慌忙把断手装进亮亮的背包里】

李骏：先这么着吧，回头再说，快集合去！

【三人一起跑下台（幕落）】

第三场

【嘈杂背景音】

【同学们跟随讲解员来到了大足石刻研究院参观】

讲解员：同学们，这里就是大足石刻研究院的实验室，主要对文物进行模拟修复，这位是研究院的负责人——陈卉丽老师。

张老师：（和陈老师握手）久仰您的大名，您能给同学们讲一课，实在是太难得了。

陈卉丽：很高兴能为同学们介绍一下大足石刻研究院。（插入研究院介绍的多媒体）研究院主要是做大足全区文物的保护、管理、研究等工作。现在所在的地方是大足石刻研究院的中心实验室。

亮亮：哇，怎么这么多的小刀、小铲子，简直就像一个手术台。

微微：快看这里，有各种各样的小毛刷，还有小掸子，我看就像一个化妆间。

亮亮：像手术台！

微微：像化妆间！

亮亮：像手术台！

微微：化妆间！

亮亮：手术台手术台手术台手术台手术台……

微微：化妆间化妆间化妆间化妆间化妆间……

李俊：老铁们，快来看，这里就是石刻修复实验室，这里的修复设备简直太齐全了。停！亮亮、微微，没看我正在拍视频吗，你们太吵了，影响我涨粉！

【豆蔻和元元把亮亮和微微拉开】

元元：这里还有一个相机！

陈卉丽：这个不是相机，这是红外热成像仪，我们把它形象地叫作"文物的体温计"，是一种检测工具。

豆蔻：陈老师，这个是什么？看着像个美容仪。

陈卉丽：这是激光清洗仪，它已经被广泛应用于石质文物表面的附着物清理，采用"非接触式"的清理方式可以最大限度地避免"接触式"清理对文物造成的破坏。

陈卉丽：看到同学们对文物修复那么感兴趣，我先给大家播放一段视频。

【视频播放：文物的实体修复】

张老师：陈老师，听说您对修复石像总结出了"望、闻、问、切"的四诊法，准确率达 95%，这简直无法想象，可以和同学们介绍一下吗？

陈卉丽：我从事石刻文物保护工作已经 22 年了，我总结的"望、闻、问、切"四诊法现在较多地应用到石像修复工作当中。"望"是看文物的断裂、破碎、表面情况，对比资料影像；"闻"则是嗅文物的表面气味，看是否有污染霉变；"问"则是向看护人员了解文物变化情况；"切"则是用手轻轻触碰感受文物是否疏松，或用银针刺探被金箔彩绘覆盖的石质本体风化情况。"四诊法"可初步诊断出文物病害 20 多种。

微微：陈老师，我听说您是大足石刻的传奇人物，我们特别想知道您是怎么爱上文物修复这项枯燥又无味的工作的？

陈卉丽：我只是做了一份普通的工作而已，哪儿有什么传奇。

【音乐起】

陈卉丽：1995 年，我从纺织厂转到了大足石刻艺术博物馆，也就是现在的大足石刻研究院，最初担任的是一名文物监测员。两年后，我开始涉足馆内技术含量最高的工种——文物修复。从事这项工作不仅要有深厚的历史学、考古学、鉴定学、金石学、化学等知识，还要能掌握精湛的钣金、铸造、鎏金、油漆、石刻、色彩等实用技术。

陈卉丽：刚开始也会有人质疑我能不能行，但是我心想"事都是人干出来的，别人既然可以，我就不信我不行！"那段时间，我边干边学，白天请教同事，晚上啃书本，技术越来越娴熟。用了三年时间，我就可以独当一面了。而此时，经历岁月侵袭，屹立千年、诞生于唐宋年代的大足石刻进入了高速风化期，多数造像病害缠身，亟待修复。面对这一光荣而艰巨的工作，我与 10 多名同事一道，承担起大足石刻 5 万余尊、多达 75 处造像的修复工作。

微微：真是太了不起了，这么一份枯燥的工作，您却坚持了这么多年。您是我们学习的榜样！

众学生：是啊，是啊！您是我们学习的榜样！

张老师：大家一起为陈老师以及文物修复工作者们鼓个掌！

【掌声响起，减弱（幕落）】

第四场

【景区空地，张老师与同学们交流参观大足石刻的感想】

张老师：同学们参观了大足石刻，有什么感受啊？是不是对文物保护的重要性有了更深的理解？

同学们：是！

张老师：那，哪位同学能够谈谈自己的感受？

豆蔻：（摇头晃脑，一副学究的样子）（舒缓音乐，历史感）"虽然万里连云际，争及尧阶三尺高"这是长城的千古不催；"瑞像九寻惊巨塑，飞天万态现秋毫"这是莫高窟的瑰丽华美；"兵俑车马一行行，犹如待令赴沙场"这是兵马俑的壮阔神奇！由此可见，祖先为我们留下了许多文化遗产，这是劳动人民智慧的结晶，所以我们要保护文物。

张老师：豆蔻同学不愧是我们班的语文课代表，对文物保护的见解也很深，非常好。

微微：（激昂旋律）大足石刻的千手观音非常罕见。俗话说"画人难画手"，要画出一百只不同形状的手就更不容易了，更何况是在坚硬的岩壁上雕刻了一千多只，真可谓是鬼斧神工，让人叹为观止！

张老师：（频频点头）所以，同学们，你们一定要呵护好文物，还要呼吁更多的人共同努力。那哪位同学可以说说，我们应该如何保护文物呢？

微微：老师我知道，要保护文物的原状，不能乱涂乱画，更不可以蓄意偷盗和损坏。

张老师：嗯，是的，我们在去大足石刻之前布置了一个作业，让大家查阅资料，有哪些破坏文物的反面案例？

微微：1992年9月18日，河南省开封博物馆发生特大文物被盗案，犯罪分子盗走珍贵文物69件，按当时市场估价，失窃珍品总价超过亿元。这是新中国成立以来全国最大的文物盗窃案，案件告破后主犯及其同伙被判处死刑。

豆蔻：1987年春，兵马俑所在地的21岁的农民王更地，受同村人怂恿，偷盗兵马俑头，1987年10月7日，西安市中级人民法院以盗窃文物罪，判处他死刑。

微微：2010年，秦东陵一号大墓被盗。西安警方组成50多人的专案组，将参与盗掘的犯罪嫌疑人抓获，嫌疑人均被判处刑罚。

张老师：同学们讲述的都非常好，这些实例告诉我们，保护好文物真的很重要。好了同学们，咱们也行动起来，把身边的垃圾捡一下，为爱护环境、保护文物做贡献。

同学们：好的老师。

元元：我们好像闯大祸了，怎么办啊？

亮亮：咱会不会也被抓起来啊？

【李骏在一旁认真思索着什么】

元元：要不我们在被发现前跑了吧？三十六计——走为上！

亮亮：可是你看那些逃跑了的不也都被抓回来了吗？

李骏：（沉吟片刻）要不然，咱们查查资料，看能不能把手偷偷按回去？

元元：你别开玩笑了！

亮亮：这主意靠谱吗？

李骏：讲解员不是说北京有专家能够修复吗？

微微：（刚好从旁边走过，听到了这句话，昂着头傲娇）那是，我哥哥在学校就是做这个项目的，他们已经修复了好多文物。

亮亮：你说的是真的？你哥哥是哪个大学啊？

微微：北京建筑大学！

元元：那……是哪个专业呀？

微微：好像是……测绘专业。

亮亮、元元：（李骏对视一眼）哦……

【李骏掏出手机，开始用地图查路线】

亮亮、元元：（则围住了微微，亮亮满脸堆笑，讨好）我说班长啊，原来咱哥这么厉害呢！

微微：（得意地翻了个白眼）什么咱哥咱哥，那是我哥！

元元：就是就是，不过啊，班长，你看，你哥这么优秀，是咱们同学们的榜样啊，那不就是咱哥了吗？对吧？你也让我们去跟咱哥学习学习呗！

【微微既得意，又有些犹豫】

李骏：班长，老师给咱们布置的任务，我们真的打算好好跟咱哥学习学习修复文物的知识，你就带我们去吧！

【亮亮和元元也在一边使劲儿点头，微微用力点点头】

微微：好的，咱们回北京就去！

【落幕】

第五场

地点：北京建筑大学实验室

【视频画面中，亮亮、元元、李骏、微微四个人在北京建筑大学中走来走去，寻找测绘学院，但是他们好像迷了路】

【舞台上，亮亮、元元、李骏上场，见到一个年轻的研究人员正在电脑前忙碌】

三人：（走上去礼貌地问）请问这里是建筑大学的测绘学院吗？

阿华：是的，你们找谁？

元元：我们想过来了解一下文物修复。

【微微气喘吁吁最后一个爬上楼，连忙跑过去】

微微：哥……哥……我们……我们几个同学来找你学习文物修复……修复的知识，你快……快给他们好好讲讲！

元元：（他们眼睛一亮）原来您就是咱哥呀，您给我们说说，这文物要是坏了，可怎么修复啊？

阿华：我们啊，是做文物虚拟修复。

亮亮、元元：虚拟？不是真修复啊？这……虚拟的……靠谱吗？

阿华：（笑了）当然靠谱了！我们这可是正儿八经的科研项目。这样吧，既然你们是来学习的，就先来参观参观我们实验室吧！

阿华：我们这个团队叫"文化遗产数字化虚拟修复研究团队"，我们的实验室是北京市重点实验室，团队带头人是詹教授，我们的研究方向是建筑遗产的数字化保护与文化遗产虚拟修复，跟首都博物馆、中国文化遗产研究院、大足石刻研究院、秦始皇帝陵博物院等很多科研单位都开展了合作，还跟国外一些名校及一批优秀的国际学者有合作。

元元：哇，这么厉害！

亮亮：嗯，高端，高端！是国际化的团队呢！

李骏：可是，这文物到底是怎么修复的呀？坏了就是坏了，难道还能像壁虎断尾一样，再长出来不成？

【正说着，詹教授走了进来】

阿华：同学们，这就是我们团队的詹教授，詹教授参加了很多世界文化遗产的数字化保护与虚拟修复工作，他可以称得上文物的"数字化医生"了。

同学们：詹教授您好！我只知道中医，西医，什么是"数字化医生"啊？

詹教授：我们这里的数字化医生啊，就是用计算机对文物进行诊断、修复的"医生"啊。

李骏：那，那您就是文物复原的专家喽？

詹教授：嗯，也可以这么说吧。

微微：那您能跟我们讲讲，具体怎么修复吗？不然，他们几个都不相信，说虚拟的不靠谱！

【说着，回头向几个小伙伴做了个鬼脸】

詹教授：好啊，那我就跟你们普及普及数字修复文物的知识吧！

【詹教授走到电脑前。视频播放：虚拟修复相关视频】

阿华：我们这个虚拟修复系统最大的好处是，以后科研人员在进行文物修复的时候，可以直接进行参照、查询和运用，会节省很多时间和精力，大大提高修复效率。

亮亮：那……那……詹教授，您……您能帮我们一个忙吗？我们去大足石刻研学，一不小心……真的不是故意的，就碰掉了观音手！

元元：这也有我的错。

李骏：还有我。

亮亮：我们真的不是故意的，您是专家，那是不是就有办法修复好？如果能修复好，是不是就可以从轻处罚了？我们真的不想被抓起来啊。

詹教授：什么手啊？拿出来让我看看。

【亮亮从包里拿出包裹得严严实实的一只手，递给詹教授。詹教授心里有了主意】

詹教授：这件事情我不确定，可以帮你们研究一下，看看是不是很严重，但是你们可要好好配合哦！

亮亮、元元、李骏：必须配合！

【陈卉丽敲门，阿华开门】

阿华：陈老师您好。

詹教授：亮亮、元元、李骏，我给你们介绍一位老师，这位就是大足石刻研究院的修复师陈卉丽。她是修复大足石刻千手观音的专家啊。

元元、亮亮、李骏：陈老师，太好了，又见到您了！

陈卉丽：你们好！

亮亮：陈老师，那这大佛都是您一个人修的？

陈卉丽：不不不，那可是全国15家高校，上百名科研人员和修复师，经过8年时间完成的抢救性保护。

詹教授：你们过来，看得出来你们这段时间学习虚拟修复非常用心，我准备了一个小礼物送给你们。

亮亮、元元、李骏：什么呀？

詹教授（从身后拿出一只手）：看看这个，眼熟吗？

元元：啊？没修上啊？

亮亮：那以后大佛要没有手了，这都是我们不好……

詹教授：这里还有呢。

亮亮：这……我们弄下来一只，您怎么又弄下来俩啊？

元元、李骏、亮亮：陈老师，这个真的不是我们弄的，您要相信我们。

陈卉丽：孩子们，这不是真的石刻手臂，这是用三维数据复制出来的。詹教授，我看哪，孩子们也接受了教训，就别再吓唬他们了。

詹教授：哈哈，我的本意呢，就是给你们一个小小的警示，希望你们通过这件小事认识到文物保护的重要性。

阿华：陈老师，我一直有个疑问，同学们怎么会捡到复制的"手"呢？

陈老师：是这样的，孩子们去参观千手观音时，施工队正在进行修缮工作，因为这是国家的重点项目，全国的很多修复专家都前来学习和交流。年轻的修复师，因为很遗憾不能参与实体修复，所以他们也会拿一些实验用手，进行现场模拟修复。孩子们带回来的手，就是在模拟修复时落下的实验用"手"。

亮亮、元元、李俊：原来是这样啊！

【幕落】

尾声

场景地点：校园里

【幕起】

【一群中学生在大学校园内布置展板，向来往的人们介绍文物保护的重要性】

詹教授、阿华：（经过）哎，这不是亮亮、元元吗？

大家：詹教授好、阿华哥哥好。

李骏：我们发起了一个文物保护科学宣传队，还在网络上开了专栏，我现在的粉丝，已经100多人了！这是我们想送给詹教授的礼物！

詹教授：太好了，（非常感动）孩子们这件礼物太珍贵了。

微微： 我们要通过实际行动，让更多的同学了解中华文明的博大精深，了解文物保护科技工作者的科研和修复实践，传播科学精神和工匠精神。

詹教授： 太好了。作为青少年学生，你们的价值取向决定着国家的未来。就像穿衣服扣扣子一样，如果第一粒扣子扣错了，剩余的扣子都会扣错。人生的扣子从一开始就要扣好，你们从小就爱科学、学科学，传承文明，这是多么美好的事啊！

【音乐渐起：《我和我的祖国》】

詹教授： 孩子们，你们要把科学文化变成兴趣、变成爱好。将来从我们这一代手中接过建设世界科技强国的接力棒，我相信，通过我们的努力，伟大光荣的民族复兴一定会实现。

【全体重复朗诵：乘风破浪潮头立，扬帆启航正当时！】

汉字冒险王

时间：春天，一个周末
地点：北京科学中心

　　本剧通过情节的巧妙安排，以科学游戏的形式让主人公对"北京科学中心"这几个字从汉字角度寻根溯源，让观众在观看科普剧的同时，了解汉字与科学之间的关系。

　　故事梗概：三个小学生——毛豆、小墨和大熊——来到北京科学中心参观。这里正在举行一个展览，叫"汉字里的科学"。其中有一个体验项目叫"汉字冒险王"。他们三个很好奇，就报名参加了项目。他们进入了虚拟场景，需要在虚拟场景里收集到六个特定的汉字，获得足够能量，才能完成冒险。

　　在第一个场景里，他们收集到了"北"字，并且知道了"北"是两个人背靠背。在第二个场景里，他们收集到了"京"字，原来它是一个高大的建筑。在第三个场景里，他们收集到了"科"字，原来它是在交租。在第四个场景里，他们收集到了"学"字，原来这是一个学习的场景。在第五个场景里，他们收集到了"中"字，原来它是一杆旗。在第六个场景里，他们收集到了"心"字，原来古人把脑的功能赋予给了心。最后，他们成功收集到了"北京科学中心"六个字，顺利完成了冒险。

主要角色：

姓名：毛宇航
昵称：毛豆
爱好：科技、探索
座右铭：探索真理比占有真理更为可贵。

1. 毛豆——小学三年级学生，他的爸爸是一位科学家。毛豆平时特别喜欢科学，为人严谨求实，具备强大的科学思维。

姓名：朱子墨
昵称：小墨
爱好：国学、书法
座右铭：博学而笃志，切问而近思。

2. 小墨——小学三年级学生，她的爸爸是历史学家，妈妈是文字学家。小墨从小就喜欢传统文化。她的记忆力特别强，但是动手能力比较差。

姓名：陆达雄
昵称：大熊
爱好：体育、军事
座右铭：撸起袖子加油干！

3. 大熊——小学三年级学生，长得又高又壮。他的爸爸是一位退伍兵,大熊从爸爸那里学到了很多野外生存的技能。他为人很讲义气,就是比较粗心和鲁莽。

4. **群众演员**——四位,在各个场景重复使用。

第一场·北

地点:虚拟场景1

【舞台光起,照亮四个黑色小人,他们在跳舞。第一个人侧立弯腰,如同甲骨文的"人"字;第二个两腿分开,双臂伸展,正是"大"字。第三个人双腿交叉,是个"交"字。第四个人跪坐,打了个哈欠,是个"欠"字。(参照下图)】

甲骨文　　甲骨文　　甲骨文　　甲骨文

【舞台光暗,亮起,他们每两个人摆成姿势,一组是"从",一组是"比",定格】

机械音：

身份认证：毛宇航，男，8岁，小学三年级学生，通过。

身份认证：朱子墨，女，8岁，小学三年级学生，通过。

身份认证：陆达雄，男，8岁，小学三年级学生，通过。

您已进入汉字冒险王虚拟闯关游戏，第1关：请从舞蹈中找出"北"字。

大熊：这怎么找啊？毛豆，你有办法吗？

毛豆：我只能找出北方来，我带着指北针呢。可是"北"这个字，我没看到啊。小墨，你有办法吗？

小墨：让我想想。你们看，这两个人像什么字？（指着"从"那组）

大熊：这不就是两个人吗？

小墨：对，他们就是"从"，"跟从"的"从"，甲骨文就是这么写的。（"从"组动了起来，一个走，一个从。）

毛豆：那这边的两位呢？

小墨：这是"比"，"比较"的"比"。（"比"组动了起来，开始比身高）

大熊：可是，这跟"北"有什么关系？"北"难道也是两个人？

小墨：没错，"北"也是两个人，它是两个人背靠背。后来才表示方位的。你们想，古代的房子是不是都坐北朝南？

毛豆：哦，我知道了，房子的后背都朝着北方，前面窗户都朝着南方，这是为了方便采光！

大熊：我也明白了，太阳早晨在东方，中午在南方，下午在西方，唯独什么时候都不在北方！

小墨：没错，我们只需要这样，就能组成"北"字了。（让两个舞蹈演员背靠背）

【闪动彩色光】

【机械音：恭喜您顺利通过第 1 关】
【欢快的音乐响起来，演员跳起人字舞】
　　侧身站立是个"人"，转过身来两脚踏！（人）
　　两脚分开还不够，双臂展开是个"大"！（大）
　　我把两腿来交叉，快要跌跤有点儿怕！哎哟！（交）
　　跪坐地上张开嘴，打个哈欠睡觉啦！（欠）
　　一人前面慢慢走，一人后面跟从他。（从）
　　两人立定比一比，分出胜负和高下。（比）
　　我们两个背靠背，我去这边你去那儿。（北）
　　人的姿态千百种，汉字把它来描画！（一起）

第二场·京

地点：虚拟场景 2

【现场有搭建的各种建筑，分别与甲骨文的"宀""舍""京""仓"相似】

　　机械音：您已进入汉字冒险王虚拟闯关游戏，第 2 关：请从场景中找出"京"字。

　　大熊：京？这里都只是一些建筑啊，哪里有京？

　　毛豆：看来，"京"就是其中的一种建筑。对不对，小墨？

　　小墨：对。我们来看看，这个应该是"宀"，有房顶，有墙⌂，就是我们俗称的宝盖头。"宀"是房子的意思，如果房子里有猪，就是"家"了。

　　大熊：啊，这是怎么回事？

　　小墨：我们的先民，过着游牧生活，逐水草而居。后来他们的能力提升了，学会了种植庄稼，还学会了养殖动物，于是过起了定居生活，盖起了房子，养起了猪，就把这个地方叫"家"。家字上面的"宀"代表房子，下面读"豕"，就是一头猪！

大熊：哇，长学问了。要是没带着你，我们是两眼一抹黑啊。

毛豆：这个呢？怎么只有屋顶和柱子，连个墙都没有啊？看来不能长期住，只能暂时遮风挡雨。（指着"舍"）

小墨：没错，这就是个"舍"，"旅舍"的"舍"，它本来就是个临时住所。

大熊：我看这个像仓库！上面有顶，遮风挡雨。中间这个门可以拿东西或者放东西，这下面还有个底座，估计可以防潮。

小墨：厉害，这就是"仓"。

毛豆：那这最高的建筑，莫非就是个"京"？看上面这尖顶，像个城楼。

大熊：我知道了，建得高，就可以站岗瞭望，有敌人入侵，很快就能看见了啊！

小墨：没错！国都就需要有这样高大的建筑，所以"京"有"都城"的意思。

大熊：（唱）北京欢迎你，为你开天辟地……

小墨：（唱）让我们用汉字来充实自己……

毛豆：哈哈。对了，大熊，太阳照在建筑上，会留下影子。你说同一时间段，这几个建筑，谁的影子最大呢？

大熊：这？应该是越高大的建筑，影子也就越大吧？

小墨：对。其实把"影"字拆开就知道啦，就是"日"照着"京"，旁边有三撇影子！

毛豆：原来古人早观察过了啊。

小墨：那当然！言归正传，我们先闯关吧！

【三人一起来到"京"建筑前，碰触之后，现场发出五彩光】

【机械音：恭喜您顺利通过第2关！】

第三场·科

地点：虚拟场景3

【现场是秋天，有几个场景：用镰刀收获谷物（利），用杵臼给谷物捣壳（稻），拿着碗筷吃饭（香），用斗量好粮食交纳租税（科）】

机械音：您已进入汉字冒险王虚拟闯关游戏，第3关：请从场景中找出"科"字。

毛豆："科学"的"科"吗？这个字的左边是"禾"，会不会和庄稼有关？

大熊：这几个场景都和庄稼有关啊。这个是在用镰刀割庄稼。

小墨：对，这应该是个获利的"利"字。用镰刀割下谷物，就获利了。

毛豆：那这个呢？这像是个杵，这下面呢？

小墨：下面应该是个石臼。你们看它里面特别粗糙。

毛豆：我明白了，这样就可以增加摩擦力，把粮食磨碎！

小墨：没错。一个"禾"代表庄稼，一个"爪"代表手，一个"臼"来磨碎粮食，合起来就是"稻子"的"稻"了！

大熊：真没想到。我估计吃的这个场景，跟科学没啥关系。（指着吃饭的场景）

小墨：嗯，一个禾，加上一个代表甜味的"甘"，后来就变成了"香味"的"香"。

大熊：原来"香"的下面不是"日"，而是个"甘甜"的"甘"啊。

毛豆：那看来，"科"字就藏在这里！这有个工具，看起来像是可以装粮食。（指着斗）

小墨：这应该是个"斗"吧。多收了三五斗，才高八斗，李白斗酒诗百篇，就是这个"斗"。

大熊：一个"禾"，加上一个"斗"，不就是个"科"吗？但它跟科学有什么关系呢？

小墨：用斗来交纳租税的时候，要把粮食分出等级来，这就是"科"了。你想，分科、科举，是不是都有不同的分类和等级？科学也是这样啊。

大熊：原来"科学"的"科"，竟然是从这个意思来的！

【小墨拿起斗，舀起了谷物。现场发出了五彩光芒】

【机械音：恭喜您顺利通过第3关！】

第四场·学

地点：虚拟场景4

【现场是一个学校，房子里有几个学生，有的在拿着算筹，有的在拿着毛笔，有的在学习礼仪，有的在弹琴。】

机械音：您已进入汉字冒险王虚拟闯关游戏，第4关：请从场景中找出"学"字。

大熊：这是个学校吧？

毛豆：很明显。

大熊：要找"学"字，这个字里面有个"子"。

毛豆：很明显。

大熊：下一步怎么办？我觉得需要问一下小墨。

毛豆：很明显。

小墨："子"代表小孩子。

毛豆：可是这里都是小孩子啊，也都在学习啊？

小墨：是的，还有其他元素。让我想想，"学"是怎么写的来着？好像有房子？

　　大熊：是有房子。（指着场景）

　　小墨：还有两只手。

　　大熊：都有两只手啊。（指着场景）

　　小墨：对了，还有算筹！

　　毛豆：算筹？是算数用的小棍吗？

　　小墨：对！

　　大熊：看来古人跟我学的内容一样嘛。那我知道了，就是他！（指向手拿算筹的演员）

　　【三个人走过去，演员举起一张白纸板，上面写着一个"学"字。】

　　【舞台五彩光闪动】

　　【机械音：恭喜您顺利通过第4关！】

第五场·中

地点：虚拟场景5

　　【现场是一个部落，东、南、西、北分布着各种低矮建筑、庄稼地、森林等，中间有个广场，广场上有一根旗杆，但是没有旗子】

　　机械音：您已进入汉字冒险王虚拟闯关游戏，第5关：请从场景中找出"中"字。

　　大熊：这次小墨你不说，我也能找出来。不就是"中"吗？肯定不在东边，不在西边，不在南边，也不在北边。

　　毛豆：非常正确的废话，那我们现在朝中间走？

　　大熊：这里只有一个广场啊，是集会用的吗？这里还有根杆子，什么意思呢？莫非是立起来看影子长短的？

大熊：你说"中"字中间这一竖，会不会就是杆子啊？

毛豆：有可能！

大熊：那"中"字的圈又是什么？

毛豆：杆子上能用来干什么呢？我们可以从这个角度思考。

【两个人抬头望着旗杆，思考状，小墨在旁边找到了一面旗】

大熊：我知道了！这是根旗杆啊！如果部落里有事情，需要召集大家，就升起旗，让住在东、南、西、北的人都能看到。

毛豆：所以我们需要一面旗。

大熊：去哪儿能找到一面旗呢？

【两个人抬头望着旗杆，思考状，小墨在抖动着旗玩】

毛豆：难道我们就这样认输了吗？

大熊：你觉得我们把衣服撕了，做成一面旗行不行？

毛豆：我觉得游戏设计者的初衷不是让我们撕衣服。

【两个人继续望天，小墨在挂旗】

大熊：我是不是产生幻觉了，为什么我看到了一面旗。

毛豆：我也看到了……

大熊：小墨，有旗你不早说！

【三个人把旗子挂了上去，舞台上亮起彩光】

【机械音：恭喜您顺利通过第5关！】

第六场·心

地点：虚拟场景6

【这里是一个街道，群演顶着表情包在街上走，有的"愁

闷",有的"愉悦",有的"悲伤",有的"惊慌",有的"愤怒"……】

机械音：您已进入汉字冒险王虚拟闯关游戏，第6关：请从场景中找出"心"字。

毛豆：心脏是人和脊椎动物体内，促进血液循环的器官。人类的心脏位于胸腔的中部，偏左下方，就是这里。（指着自己的心脏）

大熊：我们的心脏是圆锥形的，外形像个桃子，和本人的拳头差不多大。（展示自己的拳头）

小墨：据我所知，"心"这个字的甲骨文，就是一个心脏的样子，画出了它的轮廓和心脏里面的瓣膜。

毛豆：所以我们到底要怎么找心呢？

大熊：这是个好问题。

毛豆：说到这里我有点疑惑，我们总说心情好、心情不好，人的情绪不应该是由脑来控制的吗？

小墨：没错，但是古人以为心是思维的器官，所以把各种思想、感情都说成是"心"引起的。很多和心情有关的字，都带有心字底或者竖心旁。

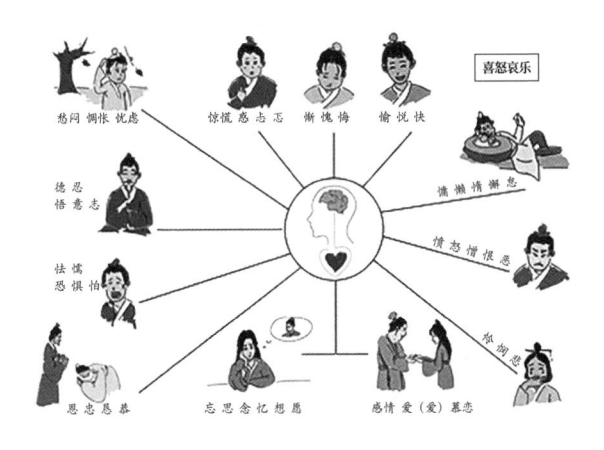

毛豆：啊，我好像有点思路了。你们看这些人的表情，这个人愁眉不展，大概是很愁闷吧？

小墨："愁闷"就带有"心"啊！

大熊：这个人好像很快乐、很愉悦。

小墨："快乐"和"愉悦"也带有"心"呢。

毛豆：这个应该是"惊慌"，这个应该是"愤怒"。

大熊：看来他们的身上都有"心"，那怎么办呢？

小墨：那就都选中试试。

【音乐舞蹈：小墨招手，群演戴着表情包，纷纷跑过来，站在不同位置，组成了一个甲骨文的"心"字，有的站着，有的半蹲，方便观众看到。】

【舞台彩光亮起】

【通关音效】

【机械音：恭喜您顺利通关！获得"汉字冒险王"称号！】

第七场·回归

地点：北京科学中心

【三个人手拿体验设备，站在一台机器前面，附近有甲骨文的模型，类似一个展览】

大熊：这个游戏挺有意思，我以前真不知道"北京科学中心"这几个字，竟然是这样的来源。

毛豆：中国汉字确实博大精深啊。

小墨：那当然啦。汉字承载着中华优秀传统文化，也蕴藏着科学的基因。在汉字里，有物理学、化学、生物学、植物学、农学、心理学、经济学等各个学科的知识呢。

毛豆：那我们可得好好学学，还要领着在座的小朋友们一起好好学！

小墨：好啊好啊，我们送给大家一首《汉字歌》，它讲述了汉字的诞生，汉字是我们的祖先通过观察大自然创造出来的！

【音乐响起，开始唱歌舞蹈】

小墨：仰观天，日月星辰转。

毛豆：俯察地，山川水土连。

大熊：远取物，鸟兽草木间；近取身，四肢和五官。

合念：还有衣食住行活动圈！

【其他群舞上台，加入唱歌跳舞（唱）】

　　　　仰观天，日月星辰转；
　　　　俯察地，山川水土连。
　　　　远取物，鸟兽草木间；
　　　　近其身，四肢和五官，
　　　　还有衣食住行活动圈。

　　　　古老的经验，成就汉字的起源；
　　　　祖先的智慧，隐藏在字里行间。
　　　　一个个汉字，一幅幅画卷，
　　　　画卷里的故事，讲述着中华五千年。

　　　　太多的秘密，等待我们去发现。
　　　　亲爱的小伙伴，
　　　　跟随三千字，一起去探险！

还原真相之钻石失踪案

《还原真相》是一部针对青少年开发的系列科普剧,每个系列是由一个主题贯穿的五个悬疑故事组成,它不仅可以对大脑思维进行系统训练,还可以激发对科学知识的探究培养。

演出形式:中(大)剧场儿童剧
对象观众:6～12岁儿童
时长:60分钟(含歌舞、互动等)

场次	科学知识点	原理	表现方式
第二场	面粉、碘酒	面粉遇碘酒会变成黑(蓝紫)色	道具、台词、动画展示
第三场	酚酞溶液	酚酞溶液遇碱变紫红	道具、台词、动画展示
第五场	水的密度	水的密度比冰大,冰块遇水漂浮	道具、台词、动画展示

关队长——五彩城的神探，破获案件无数，擅长用科学的手段解决案件疑点。

W 先生——五彩城首富，钻石的拥有者。

糖果小姐——W 先生的女儿，自信美丽。

张作家——五彩城最著名的作家，宴会嘉宾。

刘警官——五彩城警察厅警官。

王馆长——科学中心的馆长。

唐三角——五彩城家喻户晓的歌手，宴会嘉宾。

李倩倩——五彩城"三好学生"代表，嘉宾。

林师傅——五彩城手艺最好的钟表师傅，宴会嘉宾。

搬运工——科学中心的搬运工，负责搬运钻石。

其他——男女群舞若干、乐队成员、保安若干。

地点：五彩城小区——五彩城科学中心

分幕分场：独幕五场，灯光转场

五彩城是一座美丽的城市，城市中心有一个湖泊，上面架着一座美丽的五彩桥。这座城市三面环山，南面邻海，四季分明，风景秀丽，是一座以旅游、展会为主的城市。

这座城市里面有一个著名的城市科学中心（博物馆），叫作"五彩科学中心"。每年承接的近千场著名展会是这里的主要工作，如：时装周、音乐会、名画展、珠宝展、科技创新展、汽车展等。在这里工作最辛苦的，要数中心保安队队长关兵（乒乓）。几十年来，他从不敢有任何的松懈，配合警方完成了无数次的大小案件。关队长将向我们介绍非常有特点的、他亲身经历过的故事……

第一场·钻石不见了……

主要人物：甲、乙、丙、丁（小区居民）

甲：嗨，亲们，知道吗，珠宝展又要开始啦……

乙：当然，听说，这次的珠宝展，是咱们五彩城神秘富豪为女儿成人礼准备的……

丙：哇哦！这会是今年五彩城最大的亮点……好美呀……

甲：（花痴状）是啊，音乐、香槟、美女、富豪、珠宝……

丁：嗨嗨，别做梦了，我们只可以看看外围。展会真正的亮点，据说是一颗30克拉的钻石，在展出之后，会被打造成一套完美的首饰，被富豪作为18岁的生日礼物送给女儿。我听说啊，拥有这枚钻石的人，就会拥有这世上最美好的品质。但是，由于太过名贵，仅展示一次，而且只有得到邀请的人士才能有幸看到，不超过30人。

甲、丙：哎，那就没戏了……

乙：谁说没有戏！最新消息，神秘富豪准备通过抽取幸运电话号码的方式来发放邀请函，被抽取到的幸运电话号码，就可以得到参观电子码了！

甲：真的吗？这样咱们不认识富豪也能参加了？

丙：我们就能看到漂亮的钻石了？

甲、乙、丙：真希望我能幸运地被抽到啊。（边走边下）

第二场·发黑的手指

地点：五彩城科学中心

主要人物：关队长、W先生、糖果小姐、主持人、王馆长、刘警官、张作家、唐三角、李倩倩

【帷幕前】

关队长：报告王馆长、刘警官，我已经做好了三重防护措施。

刘警官：关队长做事就是让人放心，说说是哪三重？

关队长：第一重，监控已就位，分布在会馆的各个地方，就算再偏僻的角落也逃不过我的眼睛。

刘警官：嗯，不错，第二重呢？

关队长：第二重，所有装首饰的盒子，均用封条贴好，并涂上糨糊，在成人礼开始之前是绝对不会启封的。

王馆长：（忧虑）关队长啊，虽说做到这两点还算是严防死守，但是难保不会有人专门为了钻石而来，这万一……有人破坏了监控，撕开了封条，钻石还是容易被偷走呀。

关队长：王馆长放心，这就是我设的第三重保护了，钻石展出之前，浸在神秘溶液之中，就算有人破坏监控、撕开封条偷走钻石，我还是找得到他！

王馆长：这样啊，听起来是真的万无一失啊。

【帷幕拉开（五彩科学中心）】

【音乐、灯光、珠宝站台】

主持人：各位幸运的来宾，欢迎大家来到我市W先生为他的女儿——糖果小姐准备的成人礼现场，下面有请我们的W先生和糖果小姐！

【W先生和糖果小姐登场】

W先生：各位五彩城的居民们，首先感谢大家能够光临小

女的成人礼，众所周知，我为我的女儿准备了一颗世上独一无二的钻石作为礼物，稍后这颗钻石会展览给大家，我也会亲手将这颗钻石送给我的女儿。

主持人：在场的居民们也为糖果小姐准备了礼物，首先是五彩城的著名作家——张作家送上自己最新出版的新书一套。

张作家：我的新书正巧描写的是一个少女成长的故事，用来送给美丽的糖果小姐最合适不过了。

主持人：还有五彩城的"三好学生"代表——李倩倩送上花篮一个。

李倩倩：我们全班同学每人种了一朵最美丽的花，我把它们编成花篮送给你。

主持人：还有我们五彩城家喻户晓的明星——唐三角送上自己的新歌专辑，以及五彩城最有名的钟表师傅送上的亲手制作的钟表。

糖果小姐：（优雅地鞠躬）谢谢各位来宾送给我的礼物，请你们将礼物放到仓库里，我的成人礼酒会马上就要开始了。

【几个人按顺序下台】

【酒会开始】

唐三角：张作家，你怎么在这儿呀？

张作家：哦……我往果汁里加了点儿冰。

唐三角：哎看看，那枚举世无双的钻石就要展出了。

主持人：各位来宾，请我们共同举杯，祝糖果小姐18岁生日快乐！在场的各位来宾想必非常希望看到W先生准备的钻石，这颗钻石传说是在沙漠的绿洲中的一个国家中，镶嵌在公主王冠上的稀世珍品。传说中，拥有这颗钻石的人，就会拥有这世上最美好的品质。这颗钻石曾经在一百多年前闻名于世，但是由于环境的破坏，沙漠中的绿洲渐渐消失，钻石流经各地，最后是W先生在法国巴黎拍卖得来。下面W先生就会拿出这颗举世无双的钻石，送给糖果小姐，有请W先生打开钻石匣子。

【W先生自信地走上台，打开钻石匣子，却久久没有声音，台下议论纷纷】

主持人：W先生！快把钻石拿出来看看呀！

主持人：是不是钻石只是一个幌子，根本就拿不出来呀？

关队长：安静！安静！（走上台）W先生，怎么了？

W先生：钻石……钻石不见了……有人偷了钻石！

【黑场】

【灯复亮】

关队长：立刻封锁所有出口，务必找出钻石！保安，去检查监控！

保安：关队长！监控被人损坏了！

W先生：王馆长、刘警官！这到底是怎么回事？

关队长：不要慌！我早有准备！

【只见关队长趴在保安耳边低语了几句】

【保安迅速地去查看每个人的手】

W先生：这是做什么？

关队长：等会儿您就知道了。

保安：报告关队长，有人有黑色的手指！

关队长：好，凶手就在他们当中！

W先生：您怎么知道的？

关队长：封锁钻石的封条是用糨糊粘上的，凶手撕开封条才能取到钻石，那么他的手指上一定会沾到糨糊，糨糊里的成分有淀粉，淀粉遇碘酒会发黑，只要我往所有人的手指上滴一滴碘酒，摸过封条的人手指就会变成黑色！

W先生：原来是这样，关队长，你一定要帮我找到这颗珍贵的钻石！

关队长：W先生放心！保安！把那几个有黑色手指的人留下，我要逐一审问。

第三场·日

地点：五彩城科学中心

主要人物：关队长、刘警官、张作家、唐三角、林师傅、李倩倩、搬运工

关队长：现在只有你们几个有发黑的手指，嫌疑人一定就在你们之中！

唐三角：（傲慢地站起来）我说关队长，你说得也太绝对了吧，你刚才也说了，碘酒遇到面粉就会变黑，那我们手指变黑也不一定是碰了封条吧，现场那么多面粉做的食物，难保我们有人吃了食物，手指上沾到了面粉啊？

张作家：虽然我会配合你们调查凶手，但是不得不说，唐三角说得对，光靠发黑的手指就锁定真凶，未免太武断了。

李倩倩：关队长，我在来的路上由于太饿，吃了一块饼干，我没有碰封条啊。

林师傅：我也是，我在现场不小心打翻了粥。

搬运工：我是钻石匣子的搬运工，我在搬运钻石匣子的时候手碰到了糨糊，不过这可不能作为我偷东西的证据。

唐三角：我是在现场吃了一块蛋糕，关队长，我们都没有偷钻石。

刘警官：这所有人都说自己没有偷钻石，钻石还能自己长翅膀飞了不成？

关队长：不可能！偷钻石的人明明就在你们五个之中！

关队长：王馆长，麻烦你让人弄些肥皂水给我。

刘警官：关队长，你这葫芦里到底卖的什么药？

关队长：现在你们所有人伸出手。保安，涂一些肥皂水在他们手上。

刘警官：这肥皂水能够帮助你找出真凶吗？

关队长：刘警官，你别忘了，我还设了另一重保障，我将钻石浸泡在了一种神秘溶液里，这种溶液就是酚酞。

王馆长：酚酞？那有什么作用？

关队长：你们现在看看自己的手。

李倩倩：快看快看，张作家的手上有一块变成了紫红色！

林师傅：可不是吗，真的变成紫红色了！

关队长：刘警官，你有所不知，酚酞是一种无色液体，但是当它遇到碱性溶液，就会变成紫红色。我将钻石事先浸泡到酚酞溶液里，钻石表面自然也就沾上了酚酞溶液，这时候，凶手盗取钻石，自然手上也沾到了酚酞。现在，只需要取一点儿碱性的肥皂水滴到他们手上，谁的手上变成了紫红色，谁显而易见就是偷取钻石的真凶！

搬运工：闹了半天，原来是你偷了钻石，还装得一脸正气，（揪住张作家的衣领）你还不赶快把钻石交出来！

关队长：张作家，你偷盗的事情已经败露，你快点儿把钻石交出来吧！

张作家：不！这是个误会，不是我！

关队长：你别狡辩，你刚才首先将监控损坏，假借为糖果小姐送礼物的时候进入到仓库，趁大家都出去参加酒会，你撕开封条偷取钻石。现在钻石肯定就在你的身上！

151

第四场·案情回顾

地点：五彩城科学中心
主要人物：关队长、张作家、刘警官、唐三角

刘警官：没想到，我们五彩城大名鼎鼎的作家竟然会做偷盗钻石的事！看你这次怎么狡辩，赶紧交出钻石，跟我们走一趟吧。

张作家：刘警官，就算我碰到了钻石，也不能断定就是我偷的，关队长你口口声声说钻石在我的身上，那你就过来搜身吧，但是如果你没有搜到钻石，就必须还我清白。

【保安搜身】

保安：关队长，没有在张作家身上找到钻石！

【回顾】

【张作家在仓库放下礼物，迟迟不走】

唐三角：张作家，你愣着干什么呢？还不走，酒会就要开始了。

张作家：我才想起来，我没有在书上签名，这样太失礼了。你们先走吧，我把书签上名字就去找你们。

唐三角：（边走边嘀咕）一个作家，还学我签名呢。

【张作家撕掉封条，打开匣子，取出钻石】

张作家：这就是那枚神奇的钻石，拥有它，我就会拥有世界上最美好的品质，那样，我的书就会有更多的人去看。那时，我就不仅仅是闻名于五彩城的作家了，我会变成世界上最著名的作家！

【张作家小心地合上匣子，贴上封条，将钻石攥在手里，走出仓库，走到前厅】

张作家：不行，听说这次宴会还请了关队长负责安保事物，听说这位关队长是个难缠的人，我不能把钻石带在身上。我把钻

石藏在哪里呢？哎，有了，这宴会这么多冰桶，我就将钻石藏在冰桶里，以假乱真。

【张作家迅速将钻石放在冰桶里，这时唐三角走过来】

唐山角：张作家，你怎么在这儿呀？

张作家：哦……我往果汁里加了点儿冰。

唐三角：哎看看，那枚举世无双的钻石就要展出了。

【回忆结束】

第五场

地点：五彩城科学中心

主要人物：关队长、张作家、王馆长、刘警官、唐三角、W先生、糖果小姐

张作家：关队长，我的确打开过钻石盒子，碰到了钻石，但是我并没有拿走它，否则你怎么解释钻石不在我的身上？

关队长：这……

张作家：真凶一定另有其人。关队长，现在你该为我洗刷冤情了吧？

王馆长：不可能，钻石一定是你偷的。关队长、刘警官，你们可不能放过他。

张作家：王馆长！我可是五彩城最著名的作家，你这样污蔑我……刘警官，我要起诉他诽谤我！

【关队长思索了一会儿，环视周围，忽然脸上"多云转晴"】

关队长：看来我们的确是冤枉了张作家，这样，既然钻石不

在你的身上，那你也就没有什么嫌疑了，你现在马上离开展馆吧，免得我们有人会冤枉你。

张作家：（犹豫一会儿）还是关队长善解人意，关队长你为我洗刷了冤屈，我就以水代酒，敬您一杯。

【张作家从冰桶里夹起钻石放到自己杯子里，把有冰的那一杯递给关队】

张作家：关队长，请喝水。

【关队长一把抓住张作家的手】

关队长：张作家，现在你狡辩不了了吧，钻石就在你的杯子里！

张作家：哎哟，关队长你胡说什么？我杯子里明明是冰块，和你杯子里一样的冰块！

关队长：你还狡辩！你看看这两杯水有什么不同，如果我们两个杯子里都是冰块，那怎么你的冰块没有浮起来？

张作家：这……

关队长：没话说了吧，真相就是，冰的密度小于水，所以冰会浮在水面上，而钻石的密度大于水，所以会沉下去，你的杯子里分明就是钻石！我刚才就在思考，既然钻石不在你的身上，那么一定是你把钻石藏在现场某个角落里了，钻石是透明固体，冰也是透明固体，你一定是将钻石藏在了冰桶里，所以我假意让你离开，你偷了钻石，却带不走它，定然会想一个办法来把钻石带走，这一次人赃俱获，你逃不掉的。

刘警官：你偷取钻石，究竟有什么目的？

张作家：我……我不甘心只成为五彩城的著名作家，听说拿到钻石的人就会拥有这世上最美好的品质，我想让我的书更加畅销，所以我才来偷盗钻石的。

李倩倩：你这个人贪得无厌，我会告诉班里所有人，再也不看你的书了。

唐三角：就是，还连累我们变成了嫌疑人。

【此时W先生和糖果小姐来到现场】

W先生：关队长，嫌犯抓住了吗？

关队长：W先生，张作家就是偷盗钻石的凶手，他为了拥有世界上最美好的品质而让他的书更加畅销，所以铤而走险，偷盗钻石。

【W先生登上台】

W先生：各位来宾，凶手已经抓住，成人礼继续进行，下面我为我的女儿送上这颗举世无双的钻石。

糖果小姐：谢谢关队长不懈努力找回了钻石，传说中，拥有这枚钻石的人，就会拥有这世上最美好的品质，所以这颗钻石曾经流转各地，无数人都想得到它。可是他们偏偏忘记了，世界上最美好的品质就是诚信，通过不诚实的手段获取钻石的人，就算得到了钻石，也不会拥有美好品质。相反，做事诚信，就算没有美丽的钻石，也同样拥有世界上最美好的品质。

W先生：我完全同意我女儿的话，同时我们也应该向关队长学习，若不是关队长对科学了如指掌，今日我们也不会那么轻易找到钻石。好了来宾们，凶手已经抓住，让我们跳起舞，感受宴会的喜悦吧！

【大家一起跳起舞（落幕）】

来自科学中心的魔术师

　　小林是一个普通群众。有一天，小林在街头看见摆摊的海大师，海大师自称自己具有神通广大的能力，可以包治百病。正巧小林的母亲最近患有心血管疾病，小林被这神秘宣传所吸引了。
　　杨博士是一名魔术师，也是北京科学中心的铁杆粉丝，他经常去北京科学中心各个展馆学习，并与他的魔术相结合创作新的科普内容。
　　海大师给小林表演了意念弯叉子，小林看得入神，并且相信了海大师，这时候杨博士出现，要揭穿海大师的骗术。海大师说，你既然觉得是假的，那你能做到吗？做不到就不要乱说。杨博士带小林快速地来到北京科学中心生活展厅给小林讲解海大师骗术背后的秘密，然后利用了材料学原理和电学原理表演了一个和海大师一模一样的"意念弯曲"。
　　海大师紧接着说，虽然你做出"意念弯曲"了，但是你做的和我做完全不同，你那个只是魔术表演，而我是真正的依靠我的意念。我接下来要做的东西，我可以保证你绝对做不到。海大师又做了一个"意念燃烧"，来展示他所谓的意念力。镜头一转，杨博士带着小林来到了北京科学中心生存展厅进行讲解和实验，揭示了海大师的伪科学骗局。
　　最后，海大师展示了自己所谓的高科技产品和自己的气功，声称可以治疗各种疾病，同时声称自己的超能力可以呼风唤雨。杨博士为了揭穿这些骗局，先带着小林去了北京科学中心的"小球大世界"，揭示了风和雨是怎样形成的，然后去了北京科学中心生命展厅，告诉小林关于生命的一些道理：社会上所谓的包治百病、意念治病、量子治病等都是伪科学。在北京科学中心，杨博士揭示了生命、生活、生存之间的关系。同时教会了小林，应当以科学的思维方式看待世界，不应该被眼前的假象所迷惑。小林也认识到了科学知识和科学思维的重要性，决定在以后时间里，多学习科学知识，掌握科学方法，并服务于社会。

主要角色：

海大师——江湖骗子，自称有超能力，可以用意念和气功治疗百病，同时有一些所谓的自己研发的"高科技产品"，并自称可以治病。

杨博士——专业魔术师，也是北京科学中心的铁杆粉丝，经常去北京科学中心寻找科普作品灵感。

小林——过路人，对未知事物充满好奇，家中母亲患有疾病。

其他——群众演员若干名

第一场

海大师：我与神相通，可以治疗各种疑难病人。我在各地赐福给众人，让他们把药片统统丢掉，因为大家遇见我的时候病就可以治好了，再也不需要吃什么药了。我可以在病人什么也没有讲的情况下就说出他们的名字和病因，只要摸摸病人就能治好他们的病。

【小林路过，看到海大师在那里宣传，于是走过来凑热闹】

小林：是真的吗？我母亲一直有心血管疾病，需要治病。

海大师：当然是真的，我用意念就可以直接治好你母亲的病，我能够证明给你看。

小林：怎么证明？

海大师：我可以用意念弯曲金属。

小林：真的假的？

海大师：这里有一把普通的叉子，你来检查一下。

【小林拿在手中仔细检查了一遍】

海大师：有问题吗？

小林：没有问题。

海大师：接下来，我将用我的意念让这个叉子弯曲，仔细看。

【接着海大师摆出了召唤神灵、使用意念的动作，然后叉子弯曲了】

小林：哇，叉子真弯曲了！

海大师：这是依靠我的意念。

【杨博士出现】

杨博士：不要信他，他是个骗子！

海大师：（轻蔑地笑了一下）你怎么证明我是骗子？

杨博士：这种魔术，我上小学的时候就会了。

【随后杨博士拉走了小林】

杨博士：走，我带你去北京科学中心看看你就知道了。

【镜头跳转至北京科学中心，杨博士带着小林在生命展厅参观，走到了材料科学展示区域】

【杨博士给小林展示了科学中心的记忆金属，并告诉了小林记忆金属的科学原理，小林这个时候才恍然大悟】

第二场

【随后，杨博士和小林又回到了江湖术士海大师那里】

小林：你是骗子，我刚才和杨博士去了北京科学中心之后，就知道你是怎么做的了，只需要用记忆金属就可以实现。

【紧接着，杨博士做了一个和海大师一模一样的叉子弯曲表演】

海大师：我知道，你们是说用一种特殊的材料就可以实现，但是我根本就没用那种材料，你们也检查过了。

杨博士：你只不过是用了一些魔术的手法把道具叉子换成了普通的叉子。

海大师：证据呢？而且我保证接下来的事情，你们不可能做到，因为我是与神直接连接的，所以你们和我根本不在一个层次上。

杨博士：行，那你就接着表演吧。

海大师：仔细看，我这里有一块普通的纸，我可以用我的意念特异功能将它点燃，仔细看。

【海大师假装发功，然后纸慢慢地冒出火星，然后慢慢地燃烧了起来】

小林：杨博士，这个好像真的是普通的纸啊。

杨博士：这个也是魔术而已！这种现象在自然界中就很常见。

【杨博士带着小林来到了北京科学中心生命展厅】

杨博士：夏天的夜晚，在墓地常会出现一种青绿色火焰，一闪一闪，忽隐忽现，十分诡异。古人认为是鬼魂在作祟，就把这种神秘的火焰叫作"鬼火"。那么"鬼火"究竟是怎么回事呢？其实在人与动物的身体中有很多磷，死后尸体腐烂会生成一种叫磷化氢的气体，这种气体冒出地面，遇到空气后就会自我燃烧起来。但这种火非常小，发出的是一种青绿色的冷光，显得有些诡异。这种火只有火焰，热量极小。因为夏天的温度高，容易达到磷化氢气体的着火点，又由于燃烧的磷化氢随风飘动，所以，见到的"鬼火"还会跟人走动。这就是旷野中的"鬼火"。

杨博士：除此之外，还有很多其他的易燃物，我再给你变几个魔术吧。

【杨博士带着小林来到了北京科学中心的实验讲台】

杨博士：金属钠、金属镁、金属铝，还有干冰、固态酒精等。小林，你来猜一猜这些物质有哪些在常温下就可以燃烧？

小林：固态酒精有可能吧？金属应该没有可能吧？

杨博士：我们试一试就知道了。

【随后杨博士带着小林开展起了有趣的试验】

杨博士：看似神奇的魔术，其实背后都是科学原理，魔术师借用这些科学原理表演是为了给人带去欢乐，但是海大师却把这些原理当成超能力来表演，骗取钱财，这是违法犯罪！

第三场

海大师：就算你觉得我现在做的东西是假的，但是我研发了很多高科技产品，可以治疗百病，比如说我的量子空气净化器。

【海大师这个时候拿出了一个看起来稀奇古怪的机器】

海大师：我的这个机器结合了量子力学的理论，可以在十秒钟内将一个足球场大小的地方彻底净化，并且可以释放"量子"，保证人体健康。

【小林等一些人把机器拿过去研究了一下】

杨博士：你这也太假了吧，走，我再带你们去北京科学中心的生命展厅，告诉你们什么叫作真正的空气净化。

【在生命展厅，杨博士系统地给小林讲解了人类生存与大自然之间的关系，讲解了污染来自什么地方，沙尘暴是怎么形成的，并告诉了小林什么是真正的环保】

第四场

小林：杨博士，虽然你已经带我看到了真正的科学，但是海大师说他还有更厉害的东西可以证明他真的有超能力。

海大师：是的，你们不要小看我，我还可以呼风唤雨！我可以与雷神、风神、雨神直接对话，我什么时候想让天上下雨天上就会下雨，什么时候想刮风就可以刮风。

杨博士：你也太搞笑了吧，刚开始你还装得有点儿像那么回事，现在就完全变成"跳大神"的了。正好，北京科学中心的气象实验室有"小球大世界"，我带你们去看看！

杨博士：北京科学中心气象实验室包含四个展项，分别为小球大世界、模拟气象台、多普勒雷达、虚拟主持人。墙面布景采用高清银河系图片，以星空作为背景，以缓缓升起的地球作为前景，来突出我们要表达的主题，"小球大世界"是美国国家海洋和大气管理局研发的球面科学展示系统，使用计算机和视频投影仪将行星数据、大气风暴、气候变化、海洋温度等动画图像以一种直观和引人入胜的方式呈现在一个巨大的动画球体上，结合经过艺术处理的"小球大世界"展厅名称，体现出具有三维空间感、时空感、科幻感的视觉效果。

杨博士：接下来，我就用"小球大世界"来给你们展示风和雨是怎么形成的。

【接下来2分钟的展示】

【杨博士再次带着小林和海大师回到了海大师表演骗人的地方】

海大师：好吧，事到如今，我要拿出我真正的东西给你们看了。其实我最厉害的是气功，我可以利用我的气功，给病人增加真气，帮助人体疏通经络，治疗各种疾病。我可以用我的真气治好小林母亲的心血管疾病。

杨博士：海大师，你就别骗了，现在已经没人信你了。

【杨博士最后带着小林来到了北京科学中心的生命展厅】

杨博士：说正确的气功锻炼可以强身健体还能相信，但是说气功可以治疗百病，那肯定就是假的了。

杨博士：你母亲的心血管疾病并不是海大师说的真气不足。从生命科学的角度上来说，心脑血管疾病是心脏血管和脑血管疾病的统称，泛指由于高脂血症、血液黏稠、动脉粥样硬化、高血压等所导致的心脏、大脑及全身组织发生的缺血性或出血性疾病。心脑血管疾病是一种严重威胁人类，特别是50岁以上中老年人健康的常见病，具有高患病率、高致残率和高死亡率的特点，即使应用目前最先进、完善的治疗手段，仍有50%以上的脑血管意外幸存者生活不能完全自理，全世界每年死于心脑血管疾病的人数高达1500万人，居各种死因首位。

【杨博士边讲解边带着小林在北京科学中心的生命展厅参观，小林发现很多杨博士说的名词，如细胞、血管、细菌，竟然在北京科学中心都能看到模型，觉得非常生动有趣】

杨博士：守护人体健康的不是什么神力，而是"人体健康卫士"。

【杨博士边说边带小林去观看北京科学中心生命展厅的"人体健康卫士"】

【经过一番观看之后】

杨博士：这下你知道了吧，在遇到疾病时，除了需要注意身体健康和饮食均衡，还需要去专业的医院就诊，这样才能真正治愈疾病。

小林：杨博士，我明白了，所谓的海大师只不过是一个江湖骗子，我要去揭穿他！

杨博士：别急小林，我们要用法律的手段维护社会稳定，我们先不要去惊动海大师，要不然他待会儿就会跑了，我们现在给警察打电话。

第五场

杨博士：破除迷信、反对伪科学，无疑是一项长期、复杂而又艰巨的任务，近年来，随着社会经济发展、公民科学素养的提升，一些迷信活动又披上了时鲜热门的科学外衣，改头换面地出现在人们的视线中。

杨博士：除了治病的骗子外，还有一些骗术套上了科技的外衣，比如声称能够算命、测运势的骗子用上了APP、互联网等工具，再比如海大师所谓的"量子空气净化器"，这些东西虽然听起来是高科技，但却改变不了伪科学的本质。类似蹭热门科学热度的事件，在我们的生活中屡见不鲜。

杨博士：还有一些伪科学产品，如量子鞋垫、牙刷，石墨烯，甚至防癌治癌产品等也比比皆是。

杨博士：破除伪科学封建迷信，科普专家是主力军。然而人们需要意识到，科学的思维方式是将封建迷信、伪科学等斩草除根的神兵利器。当人们面对未知或暂时无法解释的事物时,最有助于人们做出正确判断的无疑是科学的思维方式。

杨博士:科学追求严谨求实的精神,主张从实际出发,探求事物发展的内在规律;而伪科学往往借助科学的旗号,先入为主地确立观点,然后再牵强附会地寻求"证明"。

小林:看来抵制伪科学、破除迷信,也是新时代的重要的科普任务啊!

杨博士:是的,在我国,尤其是较为贫穷的地区,旧社会的封建迷信、巫医神汉还没有被完全铲除。伪科学、封建迷信活动仍有一定的生存土壤,但相信假以时日,随着公众科学素养的提升、科学思维方式的普及,它们终会被彻底驱除!让我们一起努力!

科学大爆炸

神秘的量子城里住着一位学识渊博的量子博士，他精通物理、化学、天文、地理等多种学科，经常帮助城里的居民解决各种难题，城中有许许多多的年轻人都希望能成为量子博士的学生，跟着他学习知识，成为一名受人尊敬的科学家。一个月前，量子博士去附近的风暴城中，帮助当地居民解决城里发生的一些奇怪事件，临行前嘱咐新招的两位学生——明明和笨笨，要好好学习知识，待他回来后会有学业考试。这不，就在今天，量子博士回来了……

地点： 量子博士的实验室
主要角色：

量子博士——男，25岁，科学博士，尤其擅长物理学科的研究，喜欢在自己的实验室里钻研各种实验。他为人热心，治学严谨，经常来往于量子城和风暴城，帮助居民解决各种难题。

明明——男，16岁，量子博士的学生，天资聪慧，勤于思考，善于钻研。

笨笨——男，15岁，量子博士的学生，有些懒惰，不用功，爱耍一些小聪明。

项目介绍：

【女巫现身！笨笨的疑惑】

笨笨找到了刚出差回来的量子博士，据他说实验室隔壁新搬来的教授是一名女巫，因为他亲眼看见了这位教授竟然将手掌生起了火焰用来烤鱼！这可把笨笨吓坏了，这不，博士刚刚出差回来，他就匆匆忙忙地冲了上去！

【你知道吗？博士的考验】

博士对笨笨的大惊小怪很不满意，决定好好考验一番两个学生的学习情况。那么都有哪些奇怪的考验呢？

（1）成年人也能发出女高音般尖锐的声音，是什么东西在搞鬼？

右边实验室里是位男歌手，但却时常听到女高音唱歌的声音，究竟是博士听错了还是确有其事？明明、笨笨又该如何解答博士的疑惑呢？

（2）狮吼功再现"江湖"？玻璃凭空破裂！

"女"高音歌唱家唱歌时，博士家的玻璃时常振动，有几次还破裂了，他觉得应该找歌唱家赔偿，那么他的赔偿要求是否有道理呢？

（3）光线中蕴含巨大能量？震撼激光器登场！

量子博士的光学考题之一，为什么有的气球能被博士的激光器打破，有的却不能？让我们一起跟随明明和笨笨进入奇妙的光影世界。

【考验结束，奖励和惩罚】

（1）用身体做音符，实验室里的钢琴曲

明明和笨笨的考验结束啦，好学的明明顺利通过了考验并获得了博士的奖励，多才多艺的他打算弹一首钢琴曲送给博士，然而实验室并没有钢琴，这可怎么办呢？机智的明明竟然自己研发出了一个新玩意儿，用人体做音符弹奏。快来和明明一起弹奏"人体钢琴"吧！

（2）被罚触摸高压电？博士真的这么狠心吗？

不好好用功读书的笨笨没能通过博士的考验，作为惩罚，博士竟然让笨笨去触摸几万伏的高压电！究竟是博士心狠还是里面另有玄机？一起祝福笨笨吧！

【神秘发奖机，幸运彩球降临】

博士用实验室的鼓风机造了一台乒乓球发奖机，并为中奖同学准备了他从风暴城带回来的神秘大礼。那么幸运女神能否降临在你的头上呢？

【意念操纵，博士的黑科技】

量子博士出差风暴城可没有空手而归哦，他为实验室带来了一款黑科技产品准备好好研究，据说能实现用大脑操纵无人机。意念操纵是真是假？被幸运女神光顾的小朋友可以一探究竟！

实验项目介绍：

实验名称	知识点	呈现方式
掌上火焰	水火相克、表面张力、可燃性气体	演员手掌点火，模拟巫术
奇妙变声	气体密度、发声原理	将声音在男女声之间转换
声音碎玻璃	共振	用声音隔空震碎玻璃杯
激光射气球	光的发射、投射	用激光器打破气球，有的能打破，有的不能
人体钢琴	人体导电	用人体做音符弹奏钢琴曲
触摸高压电	等电势原理	人体触摸高压电不会触电
伯努利乒乓球发奖机	伯努利原理	用伯努利原理发奖
脑控无人机	脑波意念	用脑电波控制无人机飞行

第一场·博士归来

量子博士：我回来了,笨笨、明明,你们学得怎么样了?

笨笨：(从舞台下跑上来,气喘吁吁,神色慌张)老师老师,赶紧报警吧!隔壁实验室来了个女巫,吓死我了。

明明：(戴着耳机,自由淡定地从后台走上来)老师您回来了。

量子博士：嗯,我回来了,笨笨你先淡定,我知道你很急,但你先别急,讲一下细节!

笨笨：(用动作模仿所看到的奇怪现象,并拉扯着明明)老师,这两天我每次路过隔壁实验室的时候,我都能从窗子里面看见女巫在用手掌烤鱼!老师,那可是手掌啊!最开始我以为我看花了眼,但是我昨天看得清清楚楚!(音乐配音,放视频)

量子博士：(转过头对着明明,面带疑问的表情,将信将疑)嗯……真的假的?

明明：是的,不过不是女巫,不必大惊小怪,不就是让手掌着火吗,没什么大惊小怪的。(边说边拿上道具)

量子博士：哦,是吗?说说看怎么做,我倒觉得很是新奇。

明明：笨笨,你过来,我现在就让你的手变成女巫的手!

笨笨：(后退两步,准备逃走)不了不了,我这细皮嫩肉的,我可不想被烫着。

量子博士：(幽默诙谐的语气)难道这个方法脸皮厚的更容易成功吗?

明明：(边说边把笨笨拽过来)当然不是了老师,这个手掌点火的方法啊,理论上验证是没有问题的,我只是想拿笨笨来验证一下,哈哈哈。

笨笨：(又要转头就走)我想去上厕所。

明明：(边说边把笨笨的手摁在鱼缸里)你上什么厕所!

明明：来,捞起泡泡。

笨笨：这个泡泡，这是什么液体啊？怎么有一股肥皂的清香？

量子博士：我也闻见了，我好像知道了背后的原理了哦！

明明：老师先别说，我们先来测试一下，看看你能不能成为你所看见的女巫。（点火）

笨笨：（惊慌失措，疯狂甩手）哎哟，我的妈呀，老师，救我救我。

明明：（骄傲，高冷）别演戏了，你看看你的手，一点儿问题都没有。

笨笨：（拿起手，闻了闻）我手上的毛都被烧掉了！

量子博士：确实，刚刚的实验让我也看得非常惊奇，明明，你说说，你是怎么想到的？

明明：因为肥皂水的表面张力小，使得水膜能紧紧附着在手中，保护了我们的手，我们捞起的泡沫里面有可燃性的丁烷气体，于是手掌就能点火而且不会被烧伤喽！

量子博士：（表示赞赏）明明说得很对。笨笨，你要向明明学习，勤思考啊！

第二场·神奇的声音转换

【右边实验室传来了一阵歌手练声的声音】

【事先录好，七个女高音】

量子博士：谁在唱歌？这么大声！

笨笨：（迅速跑到右边，观察实验室窗户，看了一眼，然后又折回，又仔细看了看）（嘟囔着上来）奇怪了，明明是个男歌手，怎么发出的女声？

量子博士：笨笨，看到了是谁在唱歌了吗？声音有点儿大哦！

笨笨：老师老师，非常奇怪啊，明明窗户里是个男歌手，怎么发出的是女孩子的声音呢？

【明明这时跑到幕后准备拿气球】

量子博士：这可没什么奇怪的，隔壁是气体实验室，要实现男女声变换啊，对我们科学家来说那是轻而易举。

量子博士：明明，那个把我……

明明：（上台）把您实验室的气球拿过来对吧！

量子博士：现在，准备好，明明也让你变个声音。

明明：让你嘴馋，今天让你吃气吃个够！

笨笨：额，喝西北风啊……

明明：这可比西北风贵多了。（说着就把气球往笨笨嘴里捅）

明明：开始你的表演。

笨笨：（对自己声音变化非常惊奇）变了变了，再给我吃一点儿。

笨笨：那我能变女声吗？

明明：那你把这个气球吃下去！

笨笨：（抢过来，自己吃）（练音）真好玩，真好玩！

量子博士：笨笨啊，科学知识当然有趣，不过看你玩得这么开心，我就知道，你没有好好研究我留给你们的课程，我再考你一个题目，要是答不上来我就要惩罚你了！

第三场·科学大侦探

量子博士：我家楼下最近也搬来了一位歌手，经常练歌，时常影响我休息，这就算了，关键是练高音的时候……

明明：老师你们家的玻璃碎了。

量子博士：你怎么知道？

明明：昨天路过你家楼下，看见您新换的玻璃。

量子博士：我还以为你有读心术呢，知道我想说什么。好，确实我们家玻璃碎了，我觉得歌手应该赔偿我，那我怎么拿出证据呢？

明明：这个很简单啊……

笨笨：（捂住明明的嘴巴）你够了，该我展示我的成果了，好不容易这个我知道。

量子博士：哦，不错哦，那给你这个解谜的机会吧，请开始你的表演！

【笨笨介绍实验，并展示实验】

量子博士：回答得非常好，实验也非常成功。

笨笨：老师您拿着这个手机去测一测您家的玻璃的频率，再去测测他唱高音的频率，这就是证据了！（配乐）

明明：原来你也有"脑洞大开"的时候啊！

量子博士：看样子现在，好像分不清谁学得更好一些，我再出一个考题，考考你们的光学知识。（拉出粘好气球的黑板，准备考试）

量子博士：两位同学听好了！请听题。我这里有五种颜色的气球，白色、蓝色、灰色、红色、黑色。我手里面呢，还有一个神奇的东西，叫作激光器！激光器是什么呢？是我们激光武器的核心，也是工业之中激光切割的核心，激光器威力非常大，我们来验证一下。（激光点火柴）

量子博士：那么柔软的气球能不能经受住激光器的考验呢？现在请你们选择你们觉得能经受住考验的气球！你们一人选两个吧！剩下的一个给老师！

【明明本来准备先去的，笨笨直接挤开明明，疾步走上去】

笨笨：我先来，我先来，我选这两个漂亮的。

量子博士：你的标准就是气球漂不漂亮吗？（无语状）

明明：（高冷骄傲）正好，反正那两个我也不会选，我选蓝色和白色的。

量子博士：好，最后灰色的给我了。那么我们一起来验证一下你们的选择正不正确。（配乐）（依次验证笨笨、明明）

量子博士：笨笨，你没有好好学啊，你选的好看的都没有经受住考验。

明明：因为它们不会反射蓝光。

量子博士：说得不错，继续说下去。

明明：我仔细观察了您的激光器发出的光，是蓝光，我选的气球都是会反射蓝光的，能反射蓝光的就能经受住考验！

量子博士：很好！非常棒，那么我手里的是灰色，按照道理不会反射蓝光，那么按照明明的说法，这个应该也是会爆炸的，为什么没有爆炸呢？

明明：（对答如流）虽然反射是很关键的，但是透射也一样不会吸收光的能量，所以也不会爆炸啊。

量子博士：很好，明明认真完成了我的任务，笨笨你记住了吗？

笨笨：（点头表示记住了）嗯！

量子博士：看样子笨笨你偷懒了！现在我要宣布奖励了，明明同学获得下次与我一起去外出游学的机会，（配乐）而笨笨，你就要接受惩罚了！（配乐）

明明：谢谢老师的鼓励！为了感谢您，我研究出来了一个新奇的东西，可以不用钢琴弹奏一首钢琴曲，现在我想把这首曲子送给你和大家！

量子博士：哦，不用钢琴，那让我们大家看看你的小作品！

第四场·科学大汇演

【辅助人员上台】

明明：这个作品叫作人体钢琴，我需要笨笨的帮助，还要几位辅助的人员。

笨笨：还要我啊？我可不会弹钢琴。

明明：不需要你会弹钢琴，只需要你会摸电线。

笨笨：（转头就走）那我更不会，别电死我，溜了溜了。

明明：（拽住笨笨）回来，帮我个忙咋这么费劲呢，来，拿着电线，请其他朋友也拿起电线。

明明：很好，把你们没有拿电线的手举起来，我要试试音了。

【试音】

明明：好，接下来一首《欢乐颂》送给大家！

【演奏《欢乐颂》】

量子博士：大家觉得精不精彩？我们给明明一点儿掌声好不好？

量子博士：不错，将我之前教的人体导电的原理学以致用，很好。笨笨，现在到你了，接受惩罚吧！（配乐）

量子博士：什么惩罚呢？我要惩罚你摸高压电！让你长长记性，看你以后还认不认真学习了！（配乐）你印象中接触到过的最高的电压是多少伏？

笨笨：大概也就十几 V 吧。您做实验用的 15 V 的电池我碰过。

量子博士：今天我让你碰的电压是……是 15000 V。

笨笨：打扰了！我还有点儿事，先走了。

明明：（拽住笨笨）跑哪去！

量子博士：谁让你不好好学习呢？

笨笨：老师，我下次一定好好学习！这次就算了嘛！

量子博士：不行，一定要让你长长记性！不过你不用担心，老师保证一定没有危险！

【笨笨接受惩罚】

量子博士：你看我说了没有危险吧。这个实验也是告诉你们，电线是很危险的哦，让你们记住，一定不可以自己触摸电线。好，我这次去出差，也没有空手而归，带来了一个新奇玩意儿，叫脑控无人机，用脑电波控制的无人机。我们也准备开始下一阶段的研究了，先给你们体验一下。

【引导实验】

量子博士：我相信今天的谜题给大家带来了不少有趣的科学知识，大家以后好好学习科学知识，解答更多的谜题！我们下期"大爆炸实验室"再见！

阿基米德与王冠

《阿基米德与王冠》讲述了古希腊科学家阿基米德利用排水法测试王冠真假的故事，并讲述了阿基米德发现浮力定律的过程。公元前287年，在古希腊的叙拉古市，诞生了一个很有才华的人，他的名字叫阿基米德。按照当时的惯例，阿基米德被送到埃及的王家学校去学习。他学成回国以后，把所学知识用于实践，解决了许多实际问题并受到了国王的赏识。国王是一个勇敢善战的人。有一次打了胜仗，为了庆祝胜利，他决定要献给神一顶王冠，于是下令找来了一个高明的金匠来制作，国王的会计官给了金匠必需的金子。不久王冠制成了，它金光闪闪，国王非常满意。但是，人们私下说金匠并没有把全部金子用到王冠上，而是掺进了一部分银子。国王听了，也起了疑心。但是国王并不想毁坏王冠，又想知道金匠到底有没有掺假。国王无计可施，最后请来了大学者阿基米德，阿基米德完美地解决了这个问题，并在此基础上发现了浮力定律。古希腊科学家阿基米德通过对生活的细致观察，发现把同等质量、不同密度的物体放在水中，排出的水量不同，并利用这个原理鉴别了王冠的真假。

第一场·阿基米德的诞生

【地点：古希腊西西里岛叙古拉市】
【表现重点：阿基米德的诞生，对科学的观察与研究的兴趣】
地点：叙古拉市阿基米德家

父亲：（焦虑地在房间外踱步，阿基米德的母亲在分娩）快点儿，快点儿！愿上帝保佑，愿上帝保佑。

医生：生了生了！是个男孩，母子平安！

父亲：（着急地冲进房间抱起孩子）孩子，我的孩子！

母亲：（躺在病床上，声音虚弱）给我们的孩子取个名字吧，亲爱的！

父亲：我希望我们的孩子能多思考、多观察、多多追寻这个世界的真理，做一个学识渊博的智者！我们就叫他……阿基米德吧！

【数年后，阿基米德逐渐长大，之后的情节以片段的方式来呈现，人物在舞台上出现的时间极短，重点是表现阿基米德年少时的好奇心】

（第一节）阿基米德（少年）：爸爸，爸爸，圆的面积怎么求呢？

父亲：圆的面积是圆周率乘以半径的二次方。

阿基米德：那圆周率等于多少呢？

父亲：经验告诉我们，3.14是个合适的数值。

阿基米德：可是这样并不精确，圆周率就没有精确的数值吗？

父亲：这你可真问住爸爸了，这个问题爸爸也回答不上来。

【阿基米德思索：圆的面积不好求，但是正方形、正五边形、正六边形的面积都好求，他们之间有没有什么联系呢？】

【演示出思索的过程】

【阿基米德思索：圆可以有内接的正方形，也可以有外切的正五边形，是不是可以用逼近的方法来求求圆周率呢？（阿基米德拿着书本，走了下去）】

（第二节）阿基米德（青年）：（拿着个橄榄奔跑上来，朝向爸爸）爸爸，我有了个想法，一个绝妙的想法。

父亲：（正在看书，此时放下书籍，走到桌子旁边）哦，阿基米德，什么想法？

阿基米德：爸爸，爸爸，你看这个（拿出橄榄），你说这个橄榄所占空间的体积可以怎么算呢？

父亲：（思索了一下）这你可把爸爸难住了，让爸爸翻翻书找找看。

父亲：（边翻书边咕哝）我看看，书上有正方体的体积，长方体的体积，圆锥体的体积，圆柱体的体积，（赞同阿基米德的问题）但是像橄榄这样的不规则形状的体积要怎么算呢？

阿基米德：爸爸，爸爸，我有个想法。（边说边拿橄榄画图演示）爸爸，你看，平时我们把橄榄切开，如果我们能把橄榄切得足够薄呢？

爸爸：足够薄？

阿基米德：对的，足够薄。足够薄的话，这一个小小的圆片是不是就是个圆柱了，圆柱的体积我们能算出来，如果……（非常兴奋）如果我们能算出来这个橄榄能切多少个圆片，我们就能利用圆柱的体积算出橄榄的体积了！

父亲：阿基米德，你这个想法听上去很棒！我们来试着算算看……

【旁白：就这样，阿基米德在父亲的指引下，在自身强烈好奇心的驱使下，学习了数学、力学、天文学等各个学科的知识，逐渐成了叙古拉城中有名的学者，叙古拉国王极其看重阿基米德，但凡有问题不懂，都会派人把阿基米德请进皇宫，求教于他】

第二场·王冠之谜

地点：叙古拉赌场

金匠戈登：快快快，押大押小？快！

群众甲：我押小。

金匠戈登：那我押大。

【开骰子】

金匠戈登：（一脸无奈）唉，又输了，不行不行，再来再来。

群众乙：你们还在玩呢？快……快去胜利广场，国王胜战回来了，快去快去！

群众甲：快走快走，要是被人举报没去迎接国王凯旋，可就惨了。

【说完就跑走了，戈登也随后跟上】

众多群众：（群演之中有阿基米德）国王万岁！万岁！万岁！

国王：（抱着头盔，穿着铠甲，在民众的簇拥下，自信进城，走向战神的墓碑）伟大的战神，愿你永远保佑叙古拉人民，保佑我们的骑士们，战无不胜，战无不胜。（说到此处，深情下跪）

众多群众：（随国王下跪，除了阿基米德）伟大的战神万岁！伟大的叙古拉国王万岁！

群众甲：（看见阿基米德没有下跪）阿基米德，快跪下，别冒犯了国王和神灵。

【阿基米德有些犹豫，但还是很不情愿地跪下了。内心独白：神啊，求你停息纷争吧，不要再有杀戮了！】

国王：（起身，向人群说）阿基米德来了吗？大学者阿基米德来了吗？

阿基米德：（起身）国王陛下，我在这里；您有什么事吗？

【戈登望向阿基米德和国王】

国王：阿基米德先生，请您随我进宫，我有些事情想和您

阿基米德与王冠

商量。

阿基米德：好的，国王陛下。我这就回去收拾一下，马上赶来您的宫殿。

【阿基米德回家，国王回宫，戈登回家】

【幕景左边是金匠戈登家，戈登母亲躺在病床上】

戈登母亲：咳咳咳……

金匠戈登：妈妈，您喝点儿水。

戈登母亲：我……我不喝，你说，你是不是又去赌博了？（说完推开水）

金匠戈登：……

戈登母亲：你这样赌下去，多少钱都会被你输光，咳咳咳……

【左边暗，右边亮】

【幕景到了右边国王的王宫】

阿基米德：（上殿，下跪）国王陛下。

国王：（过来搀扶阿基米德）先生请起，我这正有事请教您呢。

阿基米德：（起身）国王陛下，您说何事？

国王：我想给战神制作一顶黄金做的王冠，保佑我们明年出征罗马能一战成功。

阿基米德：国王陛下……那个……我……

国王：阿基米德先生，您觉得有什么不妥吗？但说无妨。

阿基米德：（向国王下跪）国王陛下，我们能不能平息纷争？这次我们虽然胜利了，但是牺牲了很多叙古拉城的战士，他们的父母亲人非常伤心。

国王：平息战争？不可能，即使我们想平息，罗马人也不会放弃侵犯我们的，我们只有出击、战胜他们，才能保全我们的国家。

阿基米德：可是，国王陛下……

国王：（扶起阿基米德，义正词严）不要再说了，阿基米德，这是我们两个国家的事情。你只需要帮助我就行。

阿基米德：（无奈地、惧怕于王权地站起身）好吧，国王陛下。

国王：我希望您能做这个王冠的设计者，设计一顶漂亮的王冠，献给我们伟大的战神。

阿基米德：好。

【国王下全城招募令，向叙古拉城招募金匠一名，制作一顶献给战神的王冠，一起记录这无上荣光的战胜时刻】

金匠戈登：（在街上漫无目的地行走，听到消息迅速跑过去）哎哟！我……我来！

士兵：跟我来，我带你去见国王。

【去到国王宫殿】

金匠戈登：国王陛下，我伟大的神，请把制作王冠的荣耀使命交给我吧！

国王：戈登先生，我听说过您的手艺，知道您的大名。设计图纸已经交由阿基米德设计完成了，来，（示意旁边的士兵）把图纸交给戈登先生。

金匠戈登：这顶王冠真美，我相信伟大的战神一定会喜欢的，一定会保佑我们的国王陛下战无不胜。

国王：（得意扬扬）戈登先生，请问您需要多少黄金呢？

金匠戈登：（眼睛一转，狡黠一笑）两公斤，我的国王陛下！

国王：（示意士兵）带戈登先生去黄金库房，并护送先生回家，由你监督整个王冠的制作过程。

【戈登拿了黄金，在回家的路上】

【戈登内心独白：如果我把部分黄金换掉，换成一样重的银子，那我岂不是可以白拿一笔钱】

【越想越窃喜，回头一偷瞄士兵，又有些胆怯】

【戈登回到家，小心翼翼关上门】

金匠戈登：亲爱的，亲爱的！

戈登妻子：（大叫一声）哇，怎么这么多黄金？

金匠戈登：（示意妻子小点儿声）嘘，小点儿声！国王陛下要我做一顶王冠献给战神，这是材料。

戈登妻子：（轻声细语）亲爱的，这是无上的荣耀啊！

金匠戈登：（示意妻子把耳朵靠过来，又看看门外，看见没有人影）亲爱的，你说我如果把一部分黄金换成白银，那我们就可以白赚一笔了，我们就可以摆脱拮据的生活了。

戈登妻子：（立马大声表示反对）不可以，绝对不可以欺骗国王陛下，更不可以欺骗神灵，否则我们会受到惩罚的。

【士兵听到大声说话后过来，趴墙根听】

金匠戈登：（示意妻子小声）嘘！姑奶奶，你小点儿声！外面可有国王陛下的士兵！

金匠戈登：（跑去开门，仔细观察外面没有人，这个时候士兵在转角偷看，戈登看没有人，又悄悄把门锁上，回来轻声细语）这有什么啊？我偷偷地换掉，国王又不会知道，神就更不知道了。再说，我是叙古拉城有名的炼金术士，谁会怀疑我做的东西呢？而且母亲看病实在需要钱……

戈登妻子：不行，我不同意。人可以欺骗所有人，但是欺骗不了自己，东窗事发的那一天，就真的不可收拾了。你就不能少赌博，多把时间放在正经的工作上吗。我去给母亲熬药了。（说完转身就走）

【戈登想拉住妻子，又没有拉住，一摸口袋，一分钱没有。此时内心独白：实在没钱了，不赚白不赚】

【说罢，就去做王冠】

【此时士兵已经在外面听得一清二楚】

【翌日，士兵回到宫殿】

士兵：国王陛下，我听见戈登金匠在打算用银子替换您的黄金，用来做给战神的王冠。

国王：（一听之后勃然大怒，站起身来）什么？（细细一想）不对，你是怎么知道的？

士兵：昨晚我护送金匠回家后，并没有马上离去，正在门外休息的时候，忽然听见戈登屋中传来叫声，误以为是来了窃贼，就马上走回去了，却没想到听见了戈登和妻子的争执，戈登想要用银子换掉金子，可是他的妻子不同意。

国王：（将信将疑地踱步）我知道了，你先下去吧，继续保护戈登，并监督其完成王冠的制作，接下来的事情，我自有打算。

士兵：好的。（说罢，回到戈登家门口，继续监督防护）

【两日过后，王冠做成】

【士兵全城通告：（群演靠拢）国王陛下有令，全城居民明日上午在胜利广场集合，随同国王陛下一起，祭拜战神，并向战神献上王冠】

【翌日，胜利广场，隆重的战神祭拜仪式】

国王：伟大的战神，我带领您的子民虔诚地向您祷告，希望您继续保佑叙古拉人民战无不胜。

【说罢，站起身来，拿起士兵手上的王冠】

国王：把士兵（指保护戈登、监督其制做王冠的士兵）和戈登绑起来！准备刀斧刽手。

金匠戈登：陛下，国王陛下，这是为什么？我无罪啊！

士兵：国王陛下，我犯了什么错？为什么要把我抓起来！

国王：（不管两人）阿基米德先生来了吗？

阿基米德：（此时看呆了）陛下，我在。

国王：昨日士兵向我禀告，说戈登在制作王冠之时，将部分金子偷换成了银子，我不太相信，全城闻名的戈登金匠，我认为他不会做这样失信的事情，可是，毕竟人性是有私心的，我绝不允许以掺假的王冠奉献给我们的战神。阿基米德，如果士兵毁谤

阿基米德与王冠

了戈登，我将把奥尼斯特打入死牢，如果确实如这个士兵所说，戈登作假，我将把戈登打入死牢。如果查不出真假，他们两人及其亲属都将贬为奴隶。

阿基米德：国王陛下，这……

国王：他俩的命运都在你一人之手，阿基米德，你是大学者，我尊重你，所以我把这个案子交由你来处理。我给你三天时间，如果解决不出来，我将重惩你们三人，以告慰战神！（说罢，把王冠交给阿基米德，押下去戈登和士兵，阿基米德回家）

阿基米德：（内心独白）怎么办？如果查出戈登作假，戈登就会死，如果查出士兵说谎，士兵就会有生命危险。怎么才能救他们两人呢？唉，（无奈地摇摇头）这都是战争的罪恶，仅仅因为拜祭战神就牵连两条人命。

【回到家后，阿基米德遍阅书籍，寻找方法，演员此时演出阿基米德找书、拿着王冠研究的过程】

【研究两天一夜，无果。第二天晚上】

阿基米德妻子：王冠的问题有结果了吗？

阿基米德：（走过来）没有，现在还没有想到办法，总不能把王冠给打碎吧？

阿基米德妻子：（无奈）唉，听天由命吧。快吃饭吧，明天去跟陛下说明情况吧。

阿基米德：好。

【吃饭完了】

阿基米德妻子：洗澡水已经烧好了，你都三天没有沐浴了，明天见国王，不管怎样，得干净体面。

阿基米德：好的，我去沐浴，放松一下，换个思路。

【浴室，阿基米德穿着浴袍，准备踏入浴缸沐浴】

阿基米德：（一只脚伸进去）好好放松一下吧，明天再想怎么办。

183

【脚伸进去，准备坐下的过程中，突然做出恍然大悟样】

【加满水，再重复以上的过程】

【加满水，拿起旁边的木盆，摁在水中】

阿基米德：（大叫）亲爱的，亲爱的，有办法了！有办法了！

【说罢穿着湿淋淋的浴袍狂奔出去】

阿基米德妻子：什么？什么？

阿基米德：（灵活地躲开妻子）解决王冠的问题啊！

第三场·文明，科学，阿基米德的浮力发现

地点：阿基米德实验室

阿基米德：（拿出水缸，装满水）（自言自语）我想，如果是同一体积的铁块和银块，浸入水中排出来水的体积应该不一样。我来试试。

阿基米德：（放铁块到水中，用容器接住溢出的水）铁块完全浸入水中的溢出的体积是××毫升，银块浸入水中溢出的体积是××毫升。

【记录下实验结果：同一体积的铁块和铜块，浸没在水中，溢出水的体积相等】

阿基米德：接下来看看同一质量的铁块和银块。这个铁块的质量是××克这个银块也是××克，先测测铁块。铁块浸入后排出的水的体积是××毫升，银块是××毫升。（记录实验结果）同一质量的铁块和银块，铁块排出的水的体积比银块要大。所以，可以得出，同一体积的铁块和银块，浸没到水中，排出的水的体积是一样的；而同一质量的铁块和银块，铁块的密度小，排出的

水的体积大,银块的密度大,排出的水的体积小。

阿基米德:那也就是说,如果王冠掺假,金子的密度比银子大,所以等质量的金子和等质量的王冠浸入水中,王冠排出的水的体积一定会大一些。

【恍然大悟状】

【第三天,皇宫中】

阿基米德:(带着王冠进宫)国王陛下,我找到解决问题的办法了,我请求要两公斤的黄金、两公斤的白银做一下实验。

国王:哦,是吗?去给阿基米德先生拿来黄金、白银。

阿基米德:国王陛下,我想请求您一件事,如果我成功解决了这个问题,我想希望您能免除两人的死刑,从轻处罚。

国王:那就要看你能不能解决这个问题了。把士兵和戈登带上来。

阿基米德:国王陛下您看,如果将真的黄金放入装满水的鱼缸中,那么排出来的水的体积是××毫升,(说罢示意国王)如果把等质量的纯银放入水中,排出水的体积要大得多,是××毫升。所以如果王冠是真的,那么把王冠放入装满水的鱼缸中,排出的水的体积大约会等于真的黄金排出的水的体积,我们来测试一下,(把王冠放入水中),排出的水的体积大约是xx毫升,这个体积明显比等质量的纯金排出的水的体积要大而比纯银的体积要小得多,这就说明,这顶王冠不是纯金的,掺入了一些别的密度比黄金小的金属。士兵没有说谎,戈登确实掺假了。

金匠戈登:(见状,迅速下跪)国王陛下,我错了,是我一时贪心,是我一时贪心,我的母亲突发重病急需一笔巨额的医疗费,可是我天性好赌,一个月前在赌场大输,实在没钱给母亲看病,一时走投无路了。恳求陛下能够原谅我。

国王:解开士兵的绳索。把戈登打入死牢。

阿基米德:(下跪)国王陛下,可否饶他一命,您答应过我,可以从轻处罚的。

国王：这可不行，没有信誉的人不能在叙古拉城立足，更不能让战神认为我们不够虔诚。

阿基米德：那既然这样，我们就去问问战神的意见吧。请国王陛下随我一起去胜利广场。

【胜利广场】

阿基米德：（带头向战神雕塑行礼）（起身，转向国王）国王陛下，我这里有一枚硬币，我们让战神来决定戈登的生死吧。我现在抛这一枚硬币，如果硬币正面朝上，就说明战神原谅了戈登，如果是反面朝上，则说明战神没有原谅，请陛下处死戈登。陛下看可行吗？

国王：好，我尊重神灵的意见。

阿基米德：（自信）一言为定？

国王：一言为定，对战神起誓。

【阿基米德丢正反两面都是正面的硬币，正面朝上】

阿基米德：国王您看，战神原谅了戈登，可以免除死刑！

希艾罗：（看一下硬币）好，我尊重战神的意见。免除死刑，但是为了惩罚失信的公民，惩罚戈登做三年劳役。另外，命令我的御医给戈登母亲医治。

阿基米德：国王陛下万岁！伟大的叙古拉战神万岁！

群众：国王陛下万岁！伟大的叙古拉战神万岁！

【拉下戈登，退场】

【画外音：就这样，阿基米德凭借自己的学识和聪明才智，一次又一次地帮助了国王和城里的居民，阿基米德的也逐渐声名远扬】